O —

editora Urutau

rua maestro demétrio kipman, 210,
jardim américa, bragança paulista — sp,
brasil
12902-130

avenida peirao besada, 6 - 2D
36163 poio-pontevedra
(espanha)

[+34] 644 951 354 [espanha]
[+55] 11 9 4859 2 426 [brasil]

www.editoraurutau.com.br
contato@editoraurutau.com.br

[EDITORES]
tiago fabris rendelli & wladimir vaz
[COORDENAÇÃO DE REVISÃO]
debora ribeiro rendelli
[REVISÃO]
jony silva
[CAPA]
victor h. azevedo
[DIAGRAMAÇÃO]
victor prado

dados internacionais de catalogação na publicação (CIP) de acordo com ISBD

caetano, ubiratan.

M149b breves olhos que se olham na neblina / ubiratan caetano. - bragança paulista: urutau, 2021.

224 p. ; 14cm x 22cm.

ISBN 978-65-5900-128-6

1. literatura brasileira. 2. prosa. 3. romance. I. título.

2021-2893 CDD 869.8992
CDU 821.134.3(81)

elaborado por vagner rodolfo da silva - CRB-8/9410

BREVES OLHOS QUE SE MOVEM NA NEBLINA

UBIRATAN CAETANO

[primeira edição]
URUTAU
agosto de 2021

SUMÁRIO

Aos que tentam reparar no talvez ilusório excesso de verossimilhança.

Desde que despertei para a consciência
Do abismo da noite que me cerca,
Não mais ri nem chorei, porque passei
Na monstruosidade do sofrer
Muito além da loucura, da que ri
E da que chora monstruosamente
Consciente de tudo e da consciência
Que de tudo horrorosamente tenho.

Fernando Pessoa

[prefácio]
Literatura feito névoa

O que apresenta um romance sob suas camadas? As estratégias de quem o escreve, as armadilhas do subtexto. Das duas, a segunda é a que nos interessa, pois as artimanhas escapam do controle de quem escreve, mesmo que, com todo cuidado e toda tentativa de controle, trace letra por letra, linha por linha.

Como escapam? Através de quem lê. Cada pessoa, com o seu universo múltiplo de silêncios, leituras e formas, sua biblioteca interior, na imaginação inventa sua tessitura com o tecido do romance. O diálogo que se estabelece aí é misterioso, subterrâneo, obsceno — acontece no interior da caverna mental-emocional de quem experimenta tal ato.

Desde seu desconforto com certa obrigatoriedade de verossimilhança, seu desprezo por certo realismo que se pretende retrato do real, até suas personagens em conflito com as próprias histórias, com o ambiente violento e as mil perturbações que serpenteiam pelo cotidiano, as propostas deste livro trazem, para quem decide experimentar o seu universo, uma caminhada pela incerteza.

A presença das referências mitológicas e históricas em colorações sombrias, de certa forma, alucinatórias, carrega os nomes de situações de uma realidade que caminha no limite, com personagens no fio da navalha. Deste modo, o romance se propõe a desafiar as perspectivas do que seja uma personagem, uma narrativa, certos limites da ficção, ou mesmo, se há limites.

Questões que só a literatura pode, debruçando-se sobre si mesma, abismo que encara o abissal, provocar, instigar, incomodar. A quem lê, resta suspender a crença em conceitos preconcebidos e fazer a jornada pelo bosque do ficcional, como diria Umberto Eco, doando-se ao pacto da ficção. A literatura, metamorfose ambulante, não está nua. Em cada passo na leitura, um caminho de estradas que se bifurcam. Caleidoscópio de angústias.

Marion, Jano, Cassandra — plurais em suas intensas buscas no mundo que se impõe destrutivo, beligerante. A força dos distanciamentos sem respostas. Múltiplos também são os muros e os gritos que os grafites trazem para dentro da formação do livro, reverberando os silenciados. Os rompimentos, as interrupções, as lacunas — tudo isso é presença no romance de Ubiratan Caetano. Fica a angústia do que é perda, a incerteza do que é incoerente, o absurdo que brota do mundo sensível (como falha, pesadelo, *bad trip*), tudo que irrompe do desejo e dos conflitos entre vontade e ação.

Que fazer? Nada a fazer.

Territórios diferentes, como uma choupana ou um sebo, abruptamente remexidos e transtornados por personagens. As ruas inundadas em uma violência que se corporifica assustadora através de sua face banal. O acaso ilusório que trabalha nos enredamentos entre personagens, encontros e desencontros — fruto colhido da construção do autor. E não é também a realidade, ou o que chamamos de realidade, a nossa ficção favorita? Esta história que compartilhamos entre nós, personagens, máscaras de nós mesmos? Personagens em busca de uma autoria... Esperando Godot.

Marion, na angústia de sua condição de mulher, enxerga um mundo de muros em que o grafite é um grito silencioso no turbilhão da cidade. Refugia-se na literatura, conversa com Lúcia, Alice, Molly — diálogos plenos em incertezas, ruídos, invenções, dores. Leituras de mundo e literatura, uma janela para outras vozes.

Este romance de Ubiratan Caetano nos coloca na corda bamba de uma literatura de quase nenhuma resposta, que é o que se espera de uma literatura de alta qualidade, na minha opinião. Apocalíptica, ela assume a invenção como auge de seu trabalho, trazendo sombras de relatos, vozes sobre vozes, cartas abandonadas, textos escritos por desesperados, identidades solitárias e arruinadas, personagens aos quais tudo escapa.

O autor traz para o gênero romance a força da palavra de uma literatura brasileira que flerta com a língua alemã, sem preciosismos, mas como espanto; e com o absurdo do latim, de suas orações religiosas, que aparecem como uma espécie de compulsão à repetição e um transtorno ao desejo, ao mesmo tempo que exercem fascínio e se constroem como algemas, armadilhas verbais do hábito.

Personagens sem resposta como também nós, que topamos embarcar na leitura, vivemos. A literatura reverbera, amplificando a ânsia, a claustrofobia e o afogamento no cotidiano, enquanto transtorna, transgride, transforma a experiência no mundo empírico. Sensorial e violento, dolorido e angustiado, o romance finda como uma lanterna que se apaga no escuro, de repente. As cortinas de um teatro que se fecham sem responder a ninguém, movidas pelo absurdo e pelo encontro inevitável com o fim.

Mariana Belize[1]
Rio de Janeiro, 26 de fevereiro de 2021

[1] Mestranda em literatura brasileira pela UFRJ. Escreve resenhas e divulga literatura brasileira no projeto literário Olho de Belize, em: olhodebelize.wordpress.com.

UM PRÓLOGO

Devo avisar que alguns capítulos a serem lidos em breve não foram escritos por mim. Dois sujeitos redigiram cada um a sua maneira determinadas partes. Deus me livre que pensem algo diferente. Enquanto um recorreu a uma antiga máquina datilográfica para criar o seu relato, o outro preferiu escrevê-lo à mão. Para que eu pudessse dar o mesmo tratamento a esses papéis em estado tão precário de conservação, resolvi submetê-los à mesma fonte tipográfica, dividindo-os de acordo com o teor daquilo que meus olhos puderam ler. Durante esse intrigante processo de escritura, decidi colocar títulos que fossem coerentes em cada uma dessas partes textuais encontradas de maneira bastante inusitada. Depois de conferir a curiosa história relatada, concluí, ainda, que deveria acrescentar a minha versão a respeito dos acontecimentos mencionados por essas pessoas. Isso significa que, de alguma forma, permaneço envolvida o tempo inteiro com tudo o que se expõe nas próximas páginas. A fim de não confundir ninguém, incluo, no começo de cada relato, sinalizações que nos permitem identificar a escrita de cada um desses dois estranhos. Quando for preciso diferenciar as minhas palavras daquelas que não foram utilizadas por mim, vale dizer também que há sempre uma página em preto com a imagem de algo que diz respeito ao que escrevo, antecedendo o que narro. Foram essas as formas que encontrei para não haver engano em relação à autoria dos textos. Por enquanto, só posso desejar que a leitura alcance a sua intencionalidade de comunicação, mas não imagino como esse material será absorvido por aqueles que quiserem lê-lo.

Marion

I FRAGMENTO DE JANO

AQUELE QUE VEIO DE LISBOA

1
NÃO TENHO SÓ UMA FACE

Jano, tu podes pensar que talvez eu seja absolutamente insensato. Devem existir motivos para que suponhas assim, mas tanto se me dá quanto se me deu. Logo eu, um gajo que não tem muito tempo para explicar que diabo de irmão sou aos teus olhos. Estou com os dias contados e ainda fico à espera de ti. Retorno de uma longa viagem para te dizer que o mundo é moderno. Noto que tu mal sabes disso. Olha o teu obsoleto relógio de pulso. Tua cabeça deve ser das mais anacrônicas que existem no Espírito Santo. Esqueceste a tua ampulheta de ponteiros no braço do sofá. O tempo contigo deve passar devagar. Tu ficas para trás. Há dias que tu andas perdido. Tu esperaste imenso por notícias minhas. Não sei se ainda estarei vivo até tu voltares. Se eu desaparecer da noite para o dia, pelo menos terás isto que escrevo em tuas mãos.

Falta-me paciência, mas tento não cultivar a menor pressa para te rever. Cá estou a fumar um cigarro atrás do outro até tu resolveres dar as caras. Teus papéis foram deixados em cima da mesa. Não parece ter sido de propósito, meu querido irmão. Pelas primeiras linhas, pude perceber que escreves com clareza. A cada palavra, uma interrupção, um fragmento. Frases que quase não têm sentido algum. Eu vou esforçar-me para entender. Juro que farei um esforço. Se eu fosse tu, voltaria depressa para me arrancar o precioso manuscrito de minhas mãos.

Desde o dia em que me instalei nesta confortável choupana, durmo igual a um cão em tapete maltrapilho de um pavimento abandonado e ocupado por indigentes. Não consigo tirar de minha cabeça tuas histórias. Um discreto amontoado de folhas de ofício esparsas. Há manchas de tinta de caneta. Rasuras nunca mais legíveis por debaixo do borrão. Olha como pode ser misteriosa uma palavra enterrada na pequena nódoa do corante de uma esferográfica. Tenho certeza de que a palavra errada não foi descartada a esmo. Até porque tu usarás sempre outro termo equivocado e repetitivo. Eu penso que tu és um gajo o qual não quero saber quem é. Não entendo qual é o teu jogo com esse relato que deixaste. Jamais poderia desprezar um material tão singular e cheio de detalhes a respeito de uma vida admirável. A curiosidade que emana do meu nobre espírito investigativo deseja deitar fora tudo isso que tu escreveste na lata de lixo. Faz uns trinta anos que não nos vemos. Durante esse tempo, tentei aprender alguma coisa com mais profundidade, mas desisti de tudo. Não concluí nenhuma faculdade. Começava e largava o curso ainda nos primeiros seis meses de estudo. Entediava-me logo. Quando recém iniciava algo, não demorava para abandonar em pouco tempo. Não fiz mais nada, embora tenha aprendido um bocado em cada breve passagem por duas ou três faculdades. Eu era brilhante demais para ficar enfurnado dentro de uma sala de aula. Em tudo o que faço, sou amador, o amadorismo é a minha marca particular de perfeição. Vejo que precisarei de uma lupa para entender os rabiscos que escreveste.

De nosso passado, só lembro que temos o mesmo nome. Éramos recém-nascidos quando fomos separados. Foi por isso que eu vim procurar-te. Precisava saber do resto dessa história e encontrar Cassandra. Tu vês como as coisas são. Hoje somos completamente desconhecidos um para o outro. Não importa em qual categoria eu me enquadre. É irrelevante ser homem ou mulher, confiável ou delinquente, rico ou pobre. Nem tudo pode ser classificado com uma simples letra "o" ou letra "a". Meu estranho irmão, tu vês como é fantástica a linguagem. Transcendemos tudo isso. Tu e eu pertencemos a um universo sem ordem alguma e, nessa conjuntura caótica, somos apenas os informantes um do outro. É só isso, e nada mais apresenta significado maior do que essa circunstância. Repara só no que eu estou a narrar. Lembro que nosso querido pai usava uma obsoleta máquina de escrever idêntica a que encontrei cá nesta choupana. Resolvi fazer uso dela antes de ir embora para Lisboa. Neste momento, não tenho outra opção a não ser usá-la para me corresponder contigo. Talvez nem saibas usar uma Olivetti. As fitas estão intactas. Depois de tantos anos sem utilidade, até que o material manteve-se bué conservado.

Estou embrenhado em uma restinga. O que me distrai por enquanto nesse sítio são esses papéis. Estou a cultivar um apego tão conveniente e equilibrado com tuas palavras que até o meu estado mórbido de saúde torna-se ainda mais profundo. Sou diferente de ti. Eu invento o meu rumo. Eu crio a minha rota. Eu imagino, antes de todos, aquilo que ainda não existe. Jano, eu realmente não sei se foi intencional tu teres sumido dessa choupana em ruínas. Tudo parece ser estranho e perigoso.

Exponho-te um bocado sobre mim. Teu texto e a tua demora motivaram-me a escrever. Tenho a esquisita sensação de estar enredado mais em meu próprio mistério do que no enigma de tuas letras. Leio tua escritura e penso no meu destino de cá para frente. Não tenho só uma face. Há outro rosto a olhar para um horizonte oposto ao que contemplo. Estou a falar de ti, que deves ter as gavetas entupidas de passado.

Procurar o rastro de Cassandra através de ti é a única maneira de encontrá-la definitivamente. Precisava descobrir se ela era igual àquela profetisa que viveu na Grécia dos semideuses mitológicos, a que sabia antever acontecimentos. Ninguém acreditava no que ela dizia. Se a Cassandra que procuro for assim, deverei conhecê-la antes de partir. Tinha de ter certeza das razões que a fizeram desaparecer. Ela devia ser corajosa o bastante para expressar o que pensa. Quem sabe seja até mesmo destemida. Cassandra poderia ter sido morta ou encaminhada para o hospício. Jano, deixo-te à vontade para pensar que eu sou um homem abiscoitado, mas os motivos que cultivo são coerentes. Talvez queira corrigir estas anotações, rastrear equívocos na minha mensagem, mas não há nada de errado no que escrevo, sigo os parâmetros da língua. Tenho grande apreço pelas palavras. Evito estar subordinado a elas como tu. É impossível confiar plenamente no que tu escreves. Somos integrantes de uma espécie de humanidade muito traiçoeira e letal.

Durante a viagem de moto para o balneário de Regência Augusta, descansei por alguns minutos o corpo e as pernas no acostamento. Abasteci o veículo, fiz refeições rápidas em tascas à beira da estrada. Conferi o noticiário em televisores de bodegas. Atentados terroristas, pessoas em fuga de cidades bombardeadas, destruições ambientais, transtornos climáticos. Fiquei a pensar em catástrofes. Comprei um maço de cigarros. Segui viagem. Estava mais perto do balneário.

Faltava ainda um bocado para chegar. Tentava equilibrar o peso da mochila nas costas. Constatei que eu não era a única pessoa completamente chanfrada nessa história. Tu também estavas perdido. Aumentei a velocidade da moto. Observei minha própria sombra em movimento. Aquela mancha desesperada. Mal sentia o asfalto enquanto voava sobre a moto. Não havia motoristas que cruzassem o caminho ermo que eu fazia.

Olha que aventura extraordinária. Eu tinha tanta certeza do que estava a fazer. Como foi simples recorrer a esse subterfúgio. Seria tão fácil adaptar-me na vila de pescadores. Uma região acessível. A estrada que me conduziu para cá era de terra. Levantou bué poeira. Reparei nos percalços a serem enfrentados nesse povoado, a começar pela provável fonte precária de energia elétrica, pelo pó impregnado por cima dos móveis da choupana, pelo estado de abandono dessa habitação. Era um ambiente peculiar demais. Acendi um cigarro quando desembarquei na vila. Poucas pessoas circulavam. Não fui notado. Ninguém notou minha chegada. Atravessei a praça e fui em direção à choupana, afastada de todas as moradias ao redor.

Acendo outro cigarro. Estava conformado com a estada nesse espaço. Queria voltar para Lisboa. Tudo o que havia dentro da pequena casa rústica permanecia em seu devido sítio. Estou há dias e dias em absoluta tranquilidade. Estava próximo de uma região de restinga, cheia de arbustos pequenos e vegetação rasteira. Quanto mais me afastava da foz, mais visível ficava a área verde. Às vezes transitava a pé ou com uma bicicleta por essa mata baixa. Com aquela bicicleta que estava abandonada nos fundos da choupana, enferrujada, porém, que ainda pedalava.

Segui também o caminho inverso. Fui em direção à praia que estava praticamente vazia. No mar, ondas muito brandas desmanchavam-se na areia. Os pescadores falavam que não era seguro banhar-se lá sozinho, nem mergulhar, mas era prazeroso admirar o horizonte e a natureza ao redor. Depois desse instante de deleite, voltava e resignava-me com a mudez da restinga. Como a casa ficava muito retirada naquela vila, o único ruído que eu poderia perceber naquele sítio era somente o meu.

À noite oiço com mais precisão o pio da coruja e o barulho do mar. Cá é mais vivo e brilhante o céu estrelado porque não há a luminosidade das metrópoles a ofuscar a cintilação noturna. Volto a surpreender-me com o que restou para eu fazer. Capturar fantasmas pode ser algo terapêutico. Estou a caçá-los em vão com estas palavras. Não pensei que fosse ser uma prática diária. Nunca imaginei que seria capaz de produzir este conteúdo tão particular. Deveria aproveitar o tempo para escrever crônicas a respeito de minha passagem em um ambiente natural, assumir a posição de um cronista do Brasil Colônia, um curioso colonizador português, um viajante do século XIX, e desfrutar da sensação de sossego, de calmaria. Curar os males da alma com a atmosfera do litoral. Eu, um patife qualquer, tão corrompido quanto qualquer gajo das grandes capitais, a buscar um refúgio romântico como se estivesse a usufruir das riquezas deste paraíso.

Tive de improvisar o fogo, pois o fogão estava estragado. O frigorífico velho funcionava normalmente. Pude guardar dentro dele alimentos que poderiam estragar à temperatura ambiente. Qualquer outro produto que precisasse eu encontraria com facilidade em alguma modesta mercearia na vila. Isso ainda não era nada preocupante.

Apanhei um machado fixado na parede da choupana e cortei pedaços de pequenas árvores que havia nos fundos. Respeitei apenas os troncos de jambo-vermelho, uma fruta doce e de tamanho semelhante ao de uma ameixa. Vejo pés de jambeiro-vermelho por toda parte. Nosso dedicado pai mostrou-me em um livro essa espécie de árvore frutífera. Permaneci o dia inteiro a preparar tocos de lenha para não voltar tão cedo a fazer isso novamente. De maneira incansável, trabalhei horas a fio. Depois de encerrar a atividade braçal, senti o corpo pesar e, vencido pelo cansaço, escorei-me embaixo de uma pequena copa de árvore nos fundos da casa. Foi inevitável: dormi profundamente a noite inteira ao relento. Só acordei quando senti pingos de chuva caindo no meu rosto. O dia amanhecia. Recolhi as lenhas que ainda estavam espalhadas pelo solo e coloquei dentro da choupana para não ficarem molhadas.

Eu estava com fome, precisava alimentar-me. Seria impossível fazer uma fogueira naquele tempo chuvoso. A minha salvação foi comer as últimas frutas que ainda estavam guardadas na mochila. Foi raiva e tédio o que passei a sentir diante do temporal que custou a terminar. Não havia o que fazer. A barriga a roncar e os pingos a cair incessantemente. Foi assim durante duas horas ininterruptas. Dentro da choupana, também gotejava, mas o telhado estava em bom estado. Seria preciso consertá-lo, mas não seria nesse dia.

Quando a chuva parou, procurei por uma parte do quintal da choupana que não estivesse tão encharcada de água. Juntei as lenhas e fiz fogo ali. Coloquei tijolos empilhados em torno da fogueira. Pus uma grelha de ferro em cima das colunas. Comecei a cozer.

Eu tinha apenas produtos enlatados. Uma alimentação bué rudimentar e precária. Deveria ferver a água. Ficaria mais aborrecido se contraísse alguma doença infecciosa. Não estava em meus planos adquirir intoxicação alimentar. Olha que transtorno procurar por um atendimento médico nesta região. Levaria horas até conseguir uma consulta em um posto de emergência. Apenas conjecturas, Jano. Fui prudente o bastante para evitar que isso acontecesse.

Comi o quanto antes. Não demorei muito para recolher os utensílios e voltar para a choupana. No meio do caminho havia uma poça d'água. Vi o meu reflexo na superfície turva. Notei a gadelha risível e os olhos encovados. A barba cerrada e o rosto sujo de poeira. Aquela mancha denunciava-me. Não queria ser visto dessa forma. Não desejava ser encontrado por ninguém. Enfiei bruscamente o pé na poça e a desfiz para fazer a água se espalhar pela área arenosa ao redor.

Devo estar a delirar. Talvez eu esteja fora de mim. Questionei-me rapidamente enquanto voltava para dentro do casebre. Larguei todos os objetos em cima da bancada estreita da cozinha e fui olhar o meu rosto em um minúsculo espelho de armário da casa de banho. Todas as minhas feições eram grotescas. Reparei na pele grossa e áspera, nos olhos graúdos e na boca pálida. Percebi imenso que era um homem esquisito e solitário. Suspirei fundo, virei as costas para o espelho e comecei a ocupar-me outra vez da leitura dos teus manuscritos, Jano.

Essa esfinge de papel desperta-me curiosidade por tua vida. Teu texto não é nada romântico, está escrito de maneira razoável. Às vezes não consigo entender a ortografia. Tu falas imenso de ti. Tens um estilo direto, uma relação a mais honesta possível com as palavras. Tu não enfeitas, não camuflas os sentidos, embora eu deixe passar muitas frases sem conseguir compreendê-las. Tu és diferente de mim em tudo.

Estou demasiadamente envolvido com a leitura. Não percebi o transcorrer das horas. À noite, mantive a concentração necessária para continuar a ler. Acendi velas para iluminar o quarto e apreciei vertiginosamente aquelas páginas tão confidenciais, tão particulares de uma pessoa controversa demais. Estava prestes a examinar com mais cautela os papéis escritos quando surge, repentinamente, no chão, uma serpente amarelada e com vários pontos pretos ao longo do corpo. Era uma caninana. Eu não sabia se era venenosa ou não. O movimento dela era furtivo e dinâmico. Ela subiu pelo pé da cama em que deitei para ler. Enrolou-se em torno de minhas pernas abaixo dos joelhos.

Com o suor frio escorrendo pelo rosto, permaneci imóvel durante mais de três minutos com aquele réptil preparado para dar o bote. Ela poderia envenenar-me até a morte. Os dedos enrijecidos, segurando aqueles papéis nas mãos, pareciam pedras que pesavam uma tonelada. Diminuí o ritmo da respiração e evitei ao máximo fazer qualquer movimento. Eu tinha pensado em tudo até aquele instante. Saberia precaver-me naquele sítio, mas não contava com a presença de uma cobra bué intrometida. Somente um milagre poderia livrar-me daquela situação. Fui salvo pelo imprevisível: o piar de uma coruja-buraqueira. A ave emitiu um som muito estridente, o que assustou a caninana de imediato. Ela começou a desenredar-se ligeiro de minhas pernas e fugiu para fora da assoalhada, em direção a outro cômodo. Enquanto ela tentava escapar, levantei calmamente da cama, peguei de súbito um pedaço de lenha que estava ao alcance das mãos e golpeei com força sua cabeça. Soltei um grito de pavor. Provavelmente fiz o vilarejo inteiro acordar.

Recuperado do susto, tratei de fechar buracos que havia no chão e procurei por todas as frestas ou brechas desta pequena casa para tapar. Não bastava eu estar em um sítio tão confortável, era preciso vedar passagens para que nenhum bicho pudesse invadir. Nada ocorre por acaso, como costumam dizer.

Este vilarejo é uma seca, Jano. Tua demora é maçante. Estou a lidar com a incógnita de nossas vidas, há um abismo a dividir-nos. A profundeza é incalculável, o perigo faz sombra sobre nós. Cá estou a olhar para o breu e finjo ignorar a escuridão por ser somente algo momentâneo. Espero por ti neste sumptuoso cubículo. Observo o verde da mata através de uma janela. Não vai demorar para que a natureza engula esta choupana. Todos os animais estão a bisbilhotar ou até mesmo a defecar neste sítio. Uma casa vazia não resiste ao mundo natural. Tu vês como as coisas são.

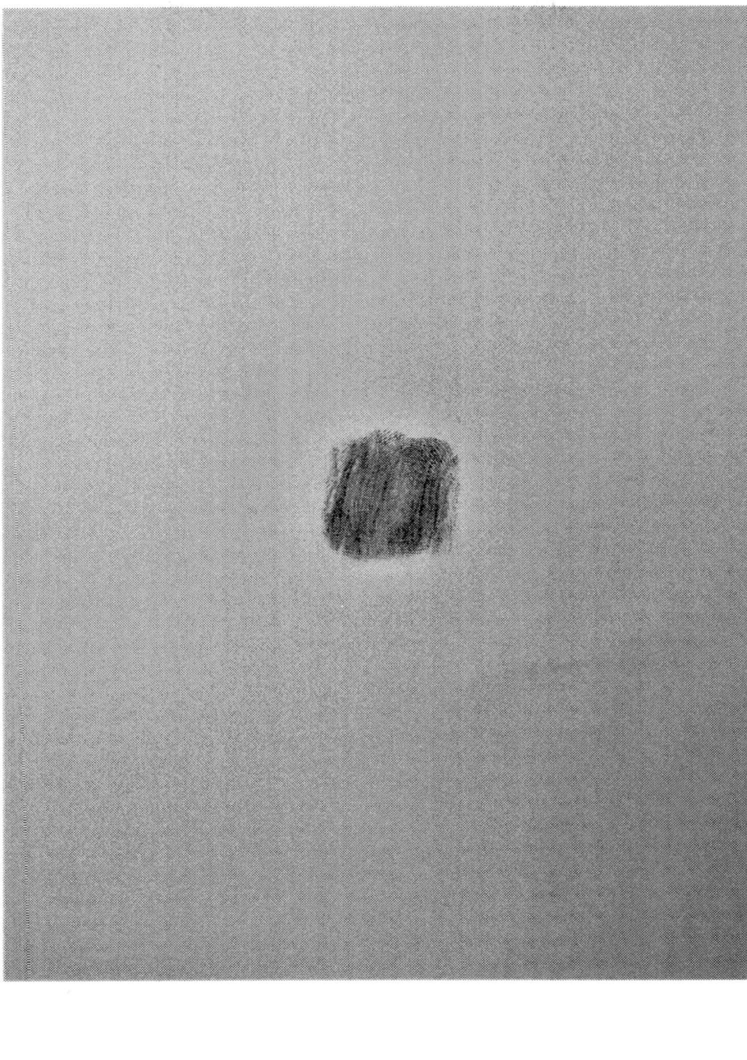

2
VINCOS INEXPRESSIVOS E GROTESCOS

Molly, queira Deus que um dia, finalmente, sejamos espíritos livres a andar sem receios por becos escuros. Sei que ainda tem muito a dizer. *Ach was!* Só não consigo entender como você pode gostar de comer rim cozido. O que temos de semelhante é apenas o mesmo nome. Eu também me chamo Marion. Por sorte, ninguém me deu o apelido de Molly. É impossível sermos confundidas! Ainda que ocupe tanto espaço dentro de mim, sou muito diferente de você. Não surgi de uma página de livro para reivindicar o meu lugar de pertencimento neste mundo. Não sou nenhuma musa gibraltina, muito menos uma deusa pagã vagando pelas florestas irlandesas. O meu buraco fica muito mais embaixo. Talvez os outros me julguem mal.

Será que não sou digna de Deus e de sua misericórdia? Carrego comigo muitas dúvidas. Coloco as mãos na cabeça para pensar. Parece que isso não basta. Hoje passei a tesoura no cabelo. Nuca exposta. Talvez use brincos suspensos ao longo do pescoço. Isso pode satisfazer os meus olhos diante do espelho. O mistério sobre mim mesma também me fascina, ainda que isso me fira sem doer tanto as entranhas. Não se conhecer muito a fundo é terrivelmente cômodo. Por mais que me falte maior autoconhecimento para ser uma mulher mais convincente com as palavras, espero que você compreenda como eu me sinto, Molly, quando souber que, por trás de um rosto lavado de lágrimas, há uma pessoa preparando a cova para um estranho. Senhor, tende piedade de mim! Nada pode ser mais triste do que um sepultamento tão obscuro. Agora o espólio transmitido está em minhas mãos.

Estou tentando procurar no meio da escuridão um lampejo de luz que não seja ilusório. Busco o que há de mais real no mundo, e o que existe de verdade nesta vida sou eu mesma. Caminho em um abismo constante. Simplesmente dou passos ininterruptos nessas trevas e receio tropeçar ou cair. Pareço ser covarde, mas sigo adiante. Sinto que fui cegada pelo meu próprio destino. Tenho certeza pelo menos de algo muito importante: não sou nenhuma criminosa e nem estou querendo fugir de ninguém. Foram os desencontros que me colocaram nesse estado de cegueira. O que está registrado em minha identidade pouco diz a meu respeito.

Foi o que acabei de dizer: batizaram-me com o nome de Marion. Nasci no Espírito Santo, estou beirando os trinta anos de idade. Ainda hoje lembrei da ocasião em que fui fazer a impressão digital no cartório. Aquela marca parece um monstro esquisitíssimo de vincos inexpressivos e grotescos, combinando com a imagem de menina-moça, no final da infância, colada na cédula. Foi uma freira que me levou pelo braço para tirar uma fotografia 3x4. Não queria tirar foto alguma antes de irmos ao departamento de identificação civil. Valha-me, Deus. Foi como se eu tivesse adquirido nesse momento uma marca oficial de nascimento no mundo. No entanto, já tinha um distintivo elementar na manta amarela em que fui agasalhada quando era bebê. O meu nome já estava bordado naquele delicado tecido. As freiras me acolheram e guardaram com tanto afeto a pequena coberta. Não era somente mais uma menina criada em um orfanato de religiosas. Nesse instante eu tinha um rótulo, uma inscrição definitiva, uma legenda específica, intransferível. Quando menciono que fui criada em uma casa de crianças órfãs, isso não significa dizer que a minha vida foi difícil nesse lugar. Apesar de a freira lidar comigo de maneira áspera enquanto me levava ao centro da cidade para fazer tal registro, eu sabia da importância de ter esse documento. Vivia em um lar indeterminado, sem pais presentes. Talvez quisessem me adotar, mas não havia essa chance para mim e nunca pude entender a razão. Também não queria sair de onde estava porque me sentia parte do orfanato. Fazia uma série de atividades sociais com as irmãs, conhecia aquela instituição como ninguém. Graças a elas, pude ter uma formação muito sólida: estudava latim em uma escola católica, além de aulas particulares de alemão com o professor Johann. Ele era extremamente rígido comigo e me dizia que eu deveria controlar minhas emoções. Vivia dizendo que aquela língua não era difícil. Chorava diante dele porque não conseguia acompanhar as lições. Eu devorava centenas de livros. Meu Deus, ele me fazia engolir o choro. Calar a boca. Quantas vezes não coloquei minhas mãos na cabeça de pânico? Amedrontava-me em vão. Piedade, senhor Johann. *Um Gottes willen!* Depois de horas e horas de todos aqueles ensinamentos, as freiras rezavam e tomavam as tarefas comigo. Algumas dominavam os dois idiomas. Queriam que eu fosse como elas. Eu estava pronta para ter uma vida de plena devoção religiosa, mas não me considerava especial o bastante para seguir um destino tão solene. Por mais que tivesse estudado muito para permanecer dentro dos muros imaculados do orfanato, não me sentia com vocação para ser uma freira.

Adquiri maior independência quando saí de lá. Dispus-me a ser caixa de supermercado no centro de Vitória. Nunca mais parei: ajudante de brechó, atendente de perfumaria, garçonete em lanchonetes de terminais de ônibus, vendedora em uma loja de calçados. Como pude me submeter a uma vida tão mundana? Ainda estava presa às lembranças de uma casa impregnada de silêncio. Há quatro anos que saí daquele santuário. Não foi uma saída revoltosa. Pus os pés para fora de lá com os olhos cheios d'água. Agradeci a todas aquelas senhoras por terem me dado uma formação até mesmo iluminada em relação a muitas meninas nessa vida que não tiveram acesso a uma educação tão erudita. Quando me vi na rua, sabendo que estaria indo morar de aluguel em um quarto de pensão, comecei a chorar. Quase desisti. Quis retornar. Repensei por instantes na ideia de virar freira, mas não recuei.

Queria conhecer o mundo e aceitei o perigo que estava incluído nesse desejo. Tive muita vontade de virar o jogo. Havia a curiosidade de buscar o autoconhecimento na roda viva de uma cidade repleta de violência e desenganos. Não imaginava que estava sendo engolida pelo maquinário da selva urbana. Vendia sapatos, convencia clientes a comprá-los. Sempre encontrava uma forma de agradar a todos que entravam na loja, substituindo um par de tênis ou de chinelos. Pessoas buscavam modelos mais formais ou mais esportivos. Nunca deixava de oferecer duas, três opções diferentes. Assim, eles compravam. Recebia minhas comissões.

Vivi dessa forma por algum tempo, respirando o ar poluído do centro e sobrevivendo solitariamente, completamente anônima, em um quarto de pensão com mais duas pessoas que não falavam comigo nem para dizerem bom dia. Depois de poucos meses, elas foram embora. Tive a sorte de dividir meu quarto com duas meninas mais gentis que as anteriores: Lúcia e Alice. Eram irmãs. A mais velha trabalhava como recepcionista em uma imobiliária e a mais nova era atriz. Esta começou a fazer parte de um grupo de teatro perto da pensão onde estávamos morando. Em finais de semana, por volta das oito horas da noite, Lúcia e eu íamos assistir às suas apresentações de teatro de rua. Declamavam poemas de Brecht, jogavam lixo cênico ao redor de si mesmos, outros catavam os dejetos, davam gritos insanos, cortando a declamação dos versos. Uma mulher encenava uma cena de estupro, uma moça de farda e bigode postiço estilo "escovinha" lia trechos de *Minha luta.* Minha Nossa Senhora, eu não entendia todo aquele confronto. Toda aquela discussão de ideias era uma contrariedade de pensamentos. Os atores faziam performances com muita intensidade. Misturavam-se entre eles mesmos no meio de uma rua sem saída. Num determinado momento, Alice rasga sua vestimenta, coloca os seios à mostra, vomita tinta vermelha e se afasta da cena para grafitar na parede uma mensagem:

PAREDE EM BRANCO É SILÊNCIO SEM LUTA

Alice terminou o grafite sem assiná-lo porque a autoria era anônima e também para não se expor aos olhos denunciantes dos moralistas. Eu nunca mais esqueci dessa mensagem. Era preciso ler mais sobre liberdade. Disseram-me que deveria procurar saber mais sobre o que as mulheres pensam. Recomendaram-me livros de inúmeras pensadoras. Já tinha ouvido falar de muitas autoras. Não era nenhuma alienada. Estava em busca de mais respostas. No fim das contas, surgiram mais perguntas. Eu não queria ser independente? Eu não era uma mulher de origem desconhecida no país do estupro? Eu não era portadora de um registro geral? Eu não sou mais uma das filhas bastardas do Brasil? Devo ir mais a fundo em mim mesma. Penso com as mãos na cabeça. Tudo me causa espanto. Quando a peça terminou, começamos a ouvir um barulho estridente de sirene. Alguém chamou a polícia. Não soubemos qual a razão do chamado. Talvez houvesse motivos: a frase grafitada na parede, os seios desnudos, a leitura de um manifesto nazista, as cenas fortes de violência sexual. Cristo, eu só pensava que seria presa no meio dessa confusão. O grupo começou a guardar seus objetos rapidamente. Ninguém queria parar na cadeia. O público se dispersou de imediato. Lúcia pegou Alice pela mão e saíram correndo para fora do beco. Tentei correr. Fiquei sem ação, perdida com o tumultuado nervosismo dos atores. Não sabia para onde escapar daquele alvoroço. O restante da trupe entrou em um carro e sumiu. A multidão também desapareceu. Foi nesse instante que percebi a sirene ecoando mais forte.

O vazio da rua era assustador. Olhei o muro alto em minha frente com aquela frase grafitada e notei que minhas mãos, embora fossem pequenas, poderiam escalar toda aquela altura bastante oblíqua para mim. Já no topo daquele muro, pulei para o outro lado. Havia uma espécie de depósito ou um pátio de apartamento térreo com quinquilharias sem serventia jogadas à toa. Estava escuro demais. De repente, a polícia aparece em menos de um minuto, mas eu já estava escondida. Os joelhos e os braços ficaram esfolados. O carro da patrulha entrou na rua, os policiais desceram e olharam por todos os cantos, jogando luzes de lanternas por todas as janelas e paredes ao redor. Tentei ficar calada, acuada, em total silêncio, com as mãos na boca para que os gemidos de choro não fossem ouvidos. Pai nosso que estais no céu, só me restava rezar. Fizeram pouco caso da frase grafitada. Fiquei observando a dança de luzes daquelas lanternas farejadoras de vestígios de criminalidade. Esperei uns dez minutos. Quando a luminosidade esmaecida da escuridão noturna voltou a ser evidente, tive de criar coragem para tentar sair daquele buraco. Machuquei-me mais um pouco na hora de retornar para o lado da rua. Saí com as pernas mancando.

Será que Lúcia e Alice estavam bem? Na sala de convivência da pensão, Lúcia chorava. Ficou completamente perplexa ao me ver. Perguntou-me como eu tinha escapado da batida policial. Depois que saíram correndo, Alice sumiu com seu grupo no meio do caminho. Lúcia me tranquilizou. Talvez sua irmã estivesse no galpão em que todos ensaiavam suas peças. Devia estar segura. Lúcia pensou que eu tinha apanhado dos guardas porque os arranhões e os hematomas em meu corpo eram evidentes. Contei-lhe que havia me escondido antes que o pior pudesse acontecer. Ela ainda estava um pouco assustada com tudo que havia ocorrido em tão pouco tempo. Já era início de madrugada. Somente um banho morno me faria voltar a ficar bem. Lúcia fez o mesmo depois de mim. Em seguida, esquentamos uma sopa e fomos dormir.

Alice reapareceu de manhã bem cedo. Carregava uma mochila com objetos cênicos dentro e alguns *sprays* de tinta. Entrou no quarto para descansar e despejou tudo que trouxe em cima de uma velha escrivaninha. Ela separou as roupas para colocar na máquina de lavar e se atirou na cama. Exausta. Fiquei olhando os tubos de tinta utilizados na peça. As cenas, as performances de cada ator e também de cada atriz, as mensagens transmitidas ao discreto público que ali estava, a polícia chegando, a tensão diante do som repressor da sirene ecoava, o nervosismo repentino de todos naquele rebuliço, a coragem de todos fazerem algo que pudesse desestabilizar a ordem social. Alice falou que persiste um moralismo antiquado demais em nosso país. Lúcia reforçou a ideia, dizendo que a mediocridade é um projeto de vida, uma armadilha perversa.

Ach Gott! Eu estava com uma ideia fixa na mente. Será que Alice sentiria a falta de um *spray* de tinta? Eu também queria escrever em muros e paredes frases como aquela. A ideia me fisgou como um peixe desavisado com a isca de um pescador. Imaginei-me fazendo isso. Poderia até mesmo escalar paredes, andares de prédio, muralhas. Noite passada eu escalei um muro por conta própria. Alice abria e fechava os olhos. Percebi seu completo cansaço. Parecia se sentir com a alma desassossegada. Ela estava me observando. Notou que eu estava olhando fixamente para aqueles tubos de *spray*. Sem eu esperar, ela me disse para escolher um deles para mim. Depois disso, a vida seguiu com o passar dos dias.

Senhor, eu não precisava me salvar do cotidiano medíocre em que estava soterrada? A irmã de Lúcia me recomendou tantos livros. Fui buscando-os da maneira como pude. Eu não tinha tempo livre para ler. Vender pares de sapatos, conquistar comissões e cumprir horas extras eram um naufrágio. Eu só desejava um pouco mais de conhecimento. Queria me compreender como cidadã. Por que eu era tão impotente frente a tudo que já vivi? Por que eu insistia em ignorar tanta inquietação a respeito de onde eu tinha vindo, sobre quem havia me gerado e como fui parar em um orfanato? Fui aceitando as circunstâncias da vida, abri o coração para a perdição da cidade e menti para mim mesma que tinha perdoado a falta de conhecimento sobre o meu passado. Não. *Ach Gott!* Incomodava-me essa sombra. Quem sabe as respostas não estariam no futuro? Das orações no orfanato ao primeiro cliente a quem vendi um par de calçados, dos sapatos às cinzas da urbanidade, da rotina na selva de concreto ao que ainda poderia descobrir. Sabia mais de mim com as expectativas impalpáveis e sabia menos com as lembranças insossas do que já passou. O que há nos interstícios da polpa que davam contornos arredondados ao meu polegar? Estariam neles todas as informações que precisava para jogar um lampejo ou uma centelha de luz sobre a minha tão insondável gênese? Houve uma grande mudança de comportamento ao longo do tempo. Iluminei o meu caminho como pude para chegar a esse ponto. Tudo era muito imprevisível. As situações sobre as quais eu falo se referem ao que já vivi. Não sei aonde estou indo, meu Deus. Sou jovem demais. Sigo caminhando sozinha, continuo solitária e ainda abismada com o inesperado. Molly, meu desejo de emancipação me faz despertar mais cedo todas as manhãs, mas ainda quero me sentir tão livre quanto você.

A minha voz anda engasgada ultimamente. Juro por Deus que todos os relatos que li antes, para que se possa entender como vim parar no mundo com este corpo esquálido, são duas cruzes de Cristo pesadas demais. Deus que me livre dos infortúnios das histórias que antecedem e sucedem às partes escritas por mim. Não me responsabilizo por nenhuma versão dos fatos. Confiando ou não, quem os leia talvez faça algum julgamento. Eu não preciso me defender. Ou será que preciso?

I FRAGMENTO DE JANO

AQUELE QUE SEMPRE VIVEU EM VITÓRIA

3
ABRO OS OLHOS

Abro os olhos e vejo você. Um irmão tão semelhante a mim. Um espanto. Continuo perplexo. Fecho os olhos. Ainda vejo você. Preciso contar algo que talvez seja estranho. Pensei muito se valeria a pena escrever para compartilhar certas experiências que tive na vida. Não gostaria de falar de mim. É difícil expressar tudo o que sinto. Nem tudo é seguro. Acredito que a culpa seja minha. Não posso me livrar de meus próprios remorsos. Não me livro da miserável culpa. É coisa que fica abandonada num depósito de objetos sem conserto. É aquilo que ocupa espaço sem necessidade. Lembro de algumas passagens. Quando surgem certas lembranças, não demoro para anotar. O tempo no meu relógio de pulso parece andar para trás.

Você vai ler estas folhas com muita curiosidade. Você entenderá o nosso mistério. Terá acesso às minhas recordações através de suas mãos de viajante.

Não sei se posso relembrar tudo que vivi. Realmente não sei. Demoro demais para pensar. Devo ser objetivo e fazer menos voltas. Preciso ir direto ao ponto. Antes de falar tudo que sei, vale dizer que estas anotações não representam nenhuma confissão. Não é nem mesmo aceitação de sina indefinida. Estou apenas escrevendo. Eu sinto muito, mas você deve saber. Foi um crime. Uma sentença. Anos a fio aprisionado. Muito tempo para ler. Muitos livros.

No meu diário têm pesadelos horrendos. Um assassino. As pessoas me veem dessa maneira. Me consideraram como um criminoso. Um homem ameaçador. Não me importo. Não vou me livrar dos rumores. Que pensem o que quiserem. Ninguém me conhece mais.

Os primeiros meses de pena foram de extrema solidão. Diziam que não era bem assim. Falaram que eu não cumpria pena alguma. Não sei. Faz tempo. Não me incomodo mais com isso. Faz tempo. Não me importo. Eu realmente não me importo.

Todos os dias eram iguais. Todos os dias li e escrevi. Penso em um rio. Um rio que transborda. As margens do rio submergem. As margens desaparecem. As palavras surgem. As palavras fogem. Tudo flui. Tudo flui por um rio muito escuro.

Foi homicídio. Me disseram que foi homicídio. Talvez não. Talvez não seja nada disso. São tantos pesadelos. São tantas perturbações. Ódio. Ódio incontrolável. Golpes. Muitos golpes de martelo. Parece que matei um homem. Matei um homem com golpes de martelo. Dizem que foi assim.

Passaram-se vinte anos. Permaneci vinte anos enclausurado. Quarenta e quatro anos. Quarenta e quatro anos. Não há expectativas. Não há legado algum. Caso perdido. "Assassino", sussurram em meus ouvidos. Sussurram em meus ouvidos palavras horríveis. Estava saindo daquele lugar. Finalmente. Estava saindo daquele confinamento. O longo tempo de punição terminou. A liberdade é estranha. A liberdade é assustadora.

Procurava emprego. Procurava um trabalho. Era muito jovem. Vinte e quatro anos de idade. Dispensado em entrevistas. Dispensado na segunda ou na terceira etapa de seleção. Não me encaixava. Não me encaixava em nada. Sabia o básico. Sabia o suficiente para ler. A palavra escrita me tortura. Não tive opções. Não tive chances. Meus amigos eram todos infratores. Meus amigos pertenciam ao submundo. Respeitavam as regras daqueles que vivem nas sombras. Onde ninguém quer estar.

Nada muito favorável. Trabalhei em uma oficina de carros. Imunda, tão imunda e de serviço duvidoso. Primeira e última ocupação antes de ser preso. Um ato precipitado. Cometi um ato precipitado. Anunciavam no rádio um abalo sísmico em Kobe. Eu lembro desse terremoto. Fiquei na oficina depois do expediente. O dono estava presente. Consertava um veículo. Problema de ignição.

Havia mais uma pessoa. Havia mais uma pessoa que se ausentou. Errei no conserto do motor. Levei um tapa muito forte na cabeça. Nunca dei intimidade para isso. Não poderia aceitar. Meu chefe agindo desse modo comigo. Dei um empurrão nele. Tomei um soco no rosto. Escorreguei no chão. O martelo. Havia um martelo atirado no piso. Ele cuspiu no meio da minha testa. Me puxou pela gola do macacão. O martelo. Apanhei o martelo com toda a raiva. Arrebentei o seu crânio. O semblante. Desapareceu o semblante. Uma face em migalhas. O cheiro de óleo queimado. O sangue esparramado no assoalho. Uma câmera vigiava o ambiente. Nunca desconfiei que um lugar encardido daquele teria monitoração eletrônica. Comprovaram o assassinato. Apareci nas páginas policiais. A situação macabra nas páginas policiais. Os noticiários da época. Hoje ninguém lembra mais. Hoje ninguém lembra mais de nada.

Disseram para eu escrever. Abro os olhos. Vejo paredes sujas. Paredes frias. O espaço vazio. Lembro das grades. Vejo a natureza. Não há ninguém. Não há nada. É difícil entender o tempo presente. Olho para trás. Aqueles dias. Parece atual.

Avisaram que eu poderia sair. Recolhi minhas roupas. Um par de chinelos. Cuecas e meias surradas. Uma calça *jeans* gasta. Uma toalha rasgada. Olhei o rosto de minha mãe. Ela me esperava na saída. A ordinária peruca de cabelos escuros. O cigarro aceso na mão. Ela me esperava impacientemente. Subimos no ônibus. Íamos para casa. Grande sensação de vazio.

Ela não falou nada. Ela não falou nada durante o trajeto inteiro. Não tive coragem de dizer qualquer coisa. Permanecemos calados. Pensei em situações desastrosas. A cidade estava estranha demais. A paisagem modificada. O centro de Vitória. Eu não tinha nada pela frente. Eu não sabia o que fazer no dia seguinte. Eu estava com uma certa idade. Eu não deveria morar mais naquela casa. A mãe viúva. Me sentei de frente para ela na mesa da cozinha. Pão e café com leite.

Ela era amarga. Ficava horas escorada na janela. Olhava para fora. Havia um jornal jogado no chão da varanda de nossa casa.

Ainda era muito cedo. Ainda era muito cedo quando fui recolher o jornal. Não demorou para a vizinhança saber que eu estava ali. Os vizinhos sabiam que eu tinha voltado. Deviam estar curiosos. Aquele lugar. Aquele lugar silencioso, monótono. Era um jornal velho. Notícias muito antigas.

Os vizinhos estariam com os olhos fixados em mim. Minha mãe ficaria constrangida. Aquela senhora. Aquela senhora, mãe de um filho que perdeu a cabeça. Estava novamente em casa. Muita repulsa. Muito desconforto. Muita indiferença. Aquele silêncio. Conviver com aquele silêncio embaraçoso. Ela permanecia calada, resignada. Uma certa irritação. O rosto aborrecido. Apanhei o jornal. Ouvi a voz. Ouvi a voz de minha mãe. Pediu para eu pegar logo o jornal. Pediu para eu entrar depressa.

Havia ódio demais. Havia ódio demais em seu olhar. Os punhos fechados. Os olhos cheios de lágrimas. Fiz o que ela pediu. Entrei, bati a porta, girei rapidamente a chave na fechadura. Espiei atrás da cortina da janela. Deveria haver vizinhos espiando.

Os primeiros dias naquela casa foram angustiantes. Dias enguiçados. Era preciso quebrar aquele jejum de palavras. Era preciso manter o mínimo de diálogo. Havia inquietude e vontade de falar. Ela estava prestes a dizer algo. Ela estava prestes a ter um ataque de nervos. Ela devia guardar um desejo secreto de explodir. Eu não entenderia seus enunciados complexos. Eu não entenderia suas frases.

Não ousei lhe provocar. Não ousei romper com aquele silêncio. Não ousei descobrir o que ela estava esperando de mim. Convivi com ela dessa maneira. Não havia sobressaltos. Não havia incômodo. Todas as manhãs eram iguais. Café, pão e jornal. Café, pão e jornal. Café, pão e jornal. Um pouco de alegria durante o almoço. Tardes melancólicas. Olhar em transe em frente à janela. Recolhimento à noite. Serenidade. Nenhuma palavra.

Não suportei a rotina. Procurei uma ocupação. Ignorei os vizinhos. Capinei todo o espaço ao redor da casa. Encontrei instrumentos de jardinagem no porão. Quis conquistar um pouco mais de confiança. Ela ouvia, às vezes, em volume alto, antigos discos de vinil. Ela ficava ouvindo e cantarolando. Era difícil me aproximar dela. Quando entrava em casa, ela tirava o disco da vitrola. Era desconfortável. Eu era uma presença indesejada. Eu precisava tomar uma atitude. Talvez houvesse uma forma de eu não passar por tanto constrangimento. Talvez houvesse uma forma de não convivermos juntos o tempo todo.

Eram noites de insônia. Arrumei a bagunça do porão. Joguei fora objetos quebrados. Descartei entulhos. Tirei o pó de estantes repletas de livros e enciclopédias. Descartei quase tudo. As folhas de papel deterioradas, carcomidas de cupim. Varri o chão. Remendei a porta. Consertei a minúscula basculante emperrada. Eliminei as teias de aranha do forro e dos cantos das paredes. Troquei a lâmpada queimada. Verifiquei tomadas e interruptores. O espaço estava habitável. Levei a cama para esse lugar. Dormi minha primeira noite ali. Me sentia livre. Solidão. Havia solidão o bastante para refletir. Não ouvia mais o som de respiração da minha mãe.

Acordei com batidas fortes na porta do porão. Abro a porta com cuidado. Recebo uma bofetada de virar o rosto. Aquela velha mulher da qual sou filho. Ela me acorda com raiva. Aquele mau hálito de gim. Não queria que eu tivesse feito nada daquilo. Eu lhe disse que não suportava conviver com ela. Me deu meia hora para desfazer tudo. Ela precisava manter o controle. Ela precisava me observar. Virou-se de costas. Voltou com pressa para dentro da casa. Subiu as escadas da varanda como se estivesse fugindo.

Devia sentir medo. Devia sentir medo de violência. Não havia razão para fugir. Não represento perigo algum. Ela deveria se sentir aliviada por eu estar fora da casa. Não entendia aquela reação. Ela sentia um grande receio. Foi poucas vezes me visitar enquanto eu estive preso. Ela apareceu durante os dois primeiros anos. Depois disso, nunca mais. E agora eu estava lá, de novo. Ela deixou o medo trancado todo esse tempo. Ela precisava lidar com o monstro liberto da jaula. Ela precisava resolver uma equação sem resposta. Ela precisava fazer cálculos com os artifícios sorrateiros do coração. Mãe. Apenas um rótulo. Apenas uma condição. Eu era um inimigo.

Uma vez a segui até o seu quarto. Aquela decoração anacrônica. Duas garrafas de gim pela metade na mesa ao lado da cama. Um relógio vermelho e barulhento. Titilantes tique-taques. Uma vida frustrada. Remédios de tarja preta. Remédios para pressão alta. Uma imagem empoeirada. Estátua deteriorada de Nossa Senhora Aparecida. Cortinas cinzas. O guarda-roupa gigantesco. As portas do móvel sempre trancadas. Uma televisão. Um videocassete. Eu não sabia que ainda se usava esse aparelho. Uma foto de meu pai em um porta-retratos dourado. Um fantasma assombrando o quarto.

Tomei coragem. Perguntei o que havia acontecido com o meu pai. Ela me disse que não me devia satisfações. Ele morreu faz muito tempo. Ponto final. Ele nunca foi me visitar. Vinte anos. Vinte anos para me dizer isso. Ele estava morto. Eu deveria sentir remorso. Ela disse que eu deveria sentir remorso. Era melhor eu calar a boca. Ela não queria ouvir a minha voz. Eu era um imundo aos seus olhos. A clausura foi necessária, mas ela não pode me perdoar. Meu pai morreu de desgosto. Eu era um filho sem futuro. Não entendia o motivo dela suportar a minha presença. Me recusei a sair do porão. Permaneci lá. Saí de seu quarto. Alcóolatra. Foi o que pude dizer a ela. Velha alcóolatra.

Construí um muro. Construí um muro entre nós. Sem mais aproximações. Ela ficava ouvindo aquelas músicas. Eu tentava escrever sobre o que sentia. Era o que me pediam para fazer durante esses vinte anos. Diziam para eu escrever sempre. Diziam para eu escrever quando sentisse algo ruim. Diziam para eu escrever quando algo fugia do controle. Fiz anotações dos detalhes mais insignificantes possíveis. Registros desprezíveis. Uma vida irrelevante. Precisava anotar todos os meus pensamentos. Era perigoso deixar de escrever. Eu precisava era de um trabalho. Não havia tantas possibilidades. Eu não tinha dinheiro. Precisava sair daquela casa. Eu poderia ter sido um morador de rua. Eu precisava fazer alguma coisa. Bater de porta em porta. Arranjar um trabalho. Não importava o tipo. Não havia outras escolhas na minha condição.

II FRAGMENTO DE JANO

AQUELE QUE SE INJETAVA COM HEROÍNA EM LISBOA

4
A ERA DO VÍCIO

Jano, tua história está a afetar-me imenso. Eu não posso dizer que o teu texto desperta indiferença, a forma como escreves perturba-me. Queria ser menos injusto contigo ao comentar isso, mas todo o esforço feito para julgar tua escrita pode ser algo mais ofensivo do que tolerante. Como havia sugerido antes, eu não deveria ler confidências alheias. Era evidente o discreto volume de papéis escritos sobre a mesa. Creio que suporto permanecer só mais um ou dois dias nesta choupana. Antes de mim, foste tu que estiveste cá. Tu não deverias ter esquecido de levar essas folhas, todas enumeradas, o que demonstra um bocado do teu senso de organização. É claro que não mexo em algo que não me pertence, mas percebi que algumas estavam misturadas e resolvi colocá-las na ordem correta. Ser excessivamente curioso é uma virtude. Pareço não ter limites com isso. Por conta de minha alma tão ilustrada, a vida virou um verdadeiro inferno.

Há muitos anos que comecei a frequentar as noites de Lisboa para bisbilhotar a forma como as prostitutas comportam-se nas ruas com homens comprometidos. Antes de pensares que eu seja casado, preciso dizer logo que não tenho esposa alguma. Se tivéssemos sido criados juntos, provavelmente teríamos ido ao Elefante Branco na juventude para vermos mulheres nuas balançando os rabos para os clientes. Depois faríamos sexo com elas. Frequentei aquele sítio durante algum tempo. Gastei grande quantidade de dinheiro com moças perdidas como essas. Sempre fiz de tudo para que ninguém notasse a minha presença. Protegia-me bastante. Ser discreto era um subterfúgio para não ser percebido facilmente e, assim, usufruir da companhia de quem estivesse ao meu redor. Era uma grande brincadeira de adultos ir à Rua dos Anjos, no Intendente. Aprendi com meretrizes a fazer chutos de heroína que, nas ruas de Lisboa, muitos chamavam de "cavalo". Todo mundo fazia picas naquela época. Além disso, estava sempre no refustedo. Foi nesses tempos que fiz amizade com as mulheres que trabalhavam no bairro. Eram todas agarradas. Não havia nenhuma delas que não consumisse drogas. Elas sabiam de todas as atrocidades que aconteciam naquele sítio.

Eu era como um rato intrometido que surge pelas frinchas das paredes para testemunhar tragédias humanas. A Polícia de Segurança Pública, que chamamos de PSP por aquelas vielas, marcava presença naquele lugar, rastreando todas as atividades predominantemente noturnas. Houve um período de minha vida em que passei a morar no Intendente. Vi pessoas de todos os tipos. As populares e perigosas ruas da região eram algo muito diferente do que hoje devem representar. Quem quisesse drogas deveria comprar no Casal Ventoso e voltar desse miserável e degradante bairro para consumi-las no Intendente. Jano, tu não podes imaginar tudo o que vi lá. Às vezes encontrava seringas jogadas nas sarjetas. Muitas mulheres andavam quase sem roupas nas ruas. Ouvia conversas obscenas, ofensas absurdas entre clientes e prostitutas, confissões que escapavam por entre os dedos na taça de vinho. Milhares de disparates. Relatos bué escandalosos. Eu habitava uma pensão desinteressante, mas era bué fixe investir no prazer de especular a intimidade das pessoas. Tornou-se comum esse costume. Foi assim durante algum tempo. Anonimamente acompanhava os dilemas de pessoas desconhecidas sem sequer ser notado. Ficava a olhar para rostos estranhos que surgiam nas janelas do prédio em frente. Apagava a luz e abria as cortinas. Picava o braço. Bebia uma dose de licor. Olhava para fora. Podia ver o que raramente se vê enquanto persiste a luz do sol. Fumavam, faziam chutos de heroína, choravam, riam, masturbavam-se, fodiam, revoltavam-se, pediam desculpas, ofendiam novamente, refletiam com os olhos parados em frente ao vidros fechados da janela durante um longo tempo. Era possível ter tudo, mas o amor continuava intangível, suspenso no fundo escuro de um céu que insiste em ser cintilante.

Toda a vida depravada estava ali. Às vezes participava de aventuras mais perigosas. Nem sempre a interação com estranhos era pacífica. Um dia resolvi sair de meu quarto para arrumar uma aventura sexual qualquer, e o que aconteceu foi completamente diferente. Comecei a conversar de forma aleatória com estranhos em uma taberna. Tu já sabes que eu estava a procurar por Cassandra, Jano. Ela tinha sido vista pela última vez naquele bairro. Não consegui encontrá-la. As prostitutas mais velhas tinham algumas informações sobre ela, porém se recusavam a falar. O meu maior anseio é descobrir onde está essa mulher. Para diminuir a minha angústia, dizia para aquelas senhoras que me poderiam chamar pelo meu nome. Ninguém simpatiza comigo à primeira vista. Persistia imenso: nunca soube o que me poderiam dizer sobre Cassandra naqueles redutos. Restava-me tomar conhecimento das terríveis histórias do Intendente. Casos nunca descobertos pela PSP, crimes jamais divulgados nos jornais. Um universo privado e impenetrável cujas testemunhas mais discretas de toda aquela promiscuidade selvagem eram os micróbios das paredes das casas de banho a pairar no ar das pensões de Lisboa. Contaram-me sobre traições escabrosas, articulações criminosas de funcionários em empresas de boa fama, perversões sexuais e delinquência de psicopatas contra homens e mulheres. Ninguém desconfia que sujeitos bem vestidos podem ser assassinos.

Ouvi muitos casos. Lembro-me deles até hoje. A exemplo de uma rapariga que estava a fazer confissões com uma amiga, a desabafar com ela. Contou-lhe que estava desconfiada da fidelidade do marido. As duas tinham ido aos bordéis para procurá-lo. Era traição mesmo.

A esposa soube do caso extraconjugal do marido de uma forma apavorante. Ele tinha uma amante naquelas imediações. Havia um bilhete no bolso de sua calça. Usavam pseudônimos inventados pelo adúltero. Ele se chamava "Hefesto" e sua amante era "Atena", tal como ele desejava. A relação entre eles escondia a perversidade macabra desse homem. Ele era o deus dos ferreiros e dos metais. Ela o aguardava como a deusa das batalhas. Encontravam-se num motel vagabundo e num quarto de pensão para realizarem seus jogos eróticos. Durante os atos sexuais, ele gostava de usar ferramentas pesadas enquanto ela se deixava dominar parcialmente. Ela deveria ter uma certa mobilidade para poder agredi-lo à medida que ele introduzia em sua vagina chaves de fenda, alicates e martelos dos mais diversos tamanhos. As costas deles ficavam arranhadas a ponto de escorrer sangue no lençol. O desfecho verdadeiro da transa não acontecia nos primeiros encontros. A finalização sexual aconteceu justamente no dia em que sua esposa descobriu por um acaso o combinado entre eles e soube também dos pseudônimos que utilizavam. "Hefesto" tinha um machado estrategicamente debaixo da cama para decepar a cabeça de "Atena" no instante do orgasmo. Esse era o seu maior objetivo. Para poder se livrar do corpo, o deus da forja decidiu esquartejá-lo e colocar seus pedaços dilacerados em duas malas bastante espaçosas. O quarto estava repleto de sangue quando sua esposa bateu à porta para dar o flagrante. Confrontado e nervoso com a insistência e a voz desesperada de sua mulher, o gajo abriu a porta e teve de empurrar a esposa pelo corredor afora. Ela reagiu e deu-lhe um golpe no meio das pernas. Entrou no quarto onde ele estava. Sua curiosidade resultou em um grito escandaloso. Abafaram todo o acontecido. Acredito que "Hefesto" consumisse drogas demais.

Outro episódio estarrecedor ocorreu quando um senhor reformado foi descoberto enquanto estava a praticar maus-tratos com animais domésticos em seu quintal. Alguns vizinhos resolveram fazer uma filmagem escondida dele a espancar gatos e cães até a morte. O prazer doentio do sujeito era eliminá-los da vizinhança. Ele já havia sido denunciado pelos moradores do bairro, mas ninguém tinha provas contra aquele velho. No entanto, a PSP recebeu a gravação, e o caso começou a ser investigado.

Eu continuava a fazer muitos chutos. Frequentava o Casal Ventoso. Sabia do perigo que era ir àquele reduto. Sim, Jano, quando tu leres o que te escrevo, vais descobrir que sou um homem de virtudes. Eu pagaria qualquer preço para me entorpecer de cavalo. Mentia o meu nome, inventava histórias. Escondia o rosto.

Nunca mostraria o rosto para os vendedores. Usava óculos escuros até mesmo durante a noite. Cobria a cabeça com uma bandana. Procurava os gajos que vendiam todos os tipos de drogas. Tratava a compra com um rapaz que tinha no braço uma tatuagem da curiosa imagem de Hórus. Um desenho em cores douradas, repleto de detalhes, cravejado de símbolos mitológicos. O formato da cabeça de falcão era bastante imponente. Gravei a imagem para sempre.

Houve uma vez que estavam a perseguir-me pelo meio do caminho. Fiquei desconfiado, com medo de ser morto, mas não se tratava de nenhuma armadilha. Um jornalista pediu-me para dar depoimentos sobre o consumo de drogas naquele bairro. Disse-lhe que fazia picas de heroína. Ele gravava o que eu falava. Solicitei-lhe que não expusesse nada sobre mim. Tinha discrição nos trajes. Sujeito bué sisudo. Ofereceu-me dinheiro para comprar drogas, com a condição de que eu gravasse para ele as conversas com os fornecedores. Confesso que tive muitas dores de cabeça a partir desse momento, quando resolvi aceitar a proposta do jornalista.

Escondi um gravador no bolso do casaco e continuei a andar pelas ruas do Casal Ventoso até chegar ao endereço certo. O gajo com a tatuagem no braço abriu a porta de seu apartamento e pediu-me para entrar e aguardar na sala. Estava sozinho. Antes de me entregar a encomenda, perguntou se havia alguém a seguir-me pelo caminho. Precisei mentir, mas não pude esconder o nervosismo por causa da pergunta. Eu estava perdido. Fiquei imóvel a olhar o seu rosto enfurecido. Explicou-me que sempre tomou muito cuidado para não ser descoberto por ninguém, não poderia admitir agora que seu esquema fosse revelado pela imprensa. Apontou para a figura tatuada no braço e disse que ele era o deus dos céus. Engoli a saliva e passei a suar muito nesse instante, não havia mais outra forma de controlar aquela situação. Imaginei que ele fosse entregar-me aos cachorros, dar-me uma surra, despejar-me todas as balas de seu revólver. Eu tentei explicar, quebrei o aparelho, ofereci todas as notas de escudo que tinha dentro da carteira. Podes perceber que a moeda era outra, Jano. Carregava uma quantidade considerável de dinheiro. Nesse momento, ele sacou um revólver e apontou-o na minha cabeça. Era para ser a minha última visita naquele reduto. Minhas mãos estavam dentro do bolso do casaco. Eu sentia o fragmento espatifado daquele gravador na mão esquerda. Com a arma mirada em minha direção, mexer-me bruscamente seria fatal. Eu só pensava em sair daquele sítio de alguma forma.

Passaram-se segundos intermináveis e eu ali, imobilizado por um sujeito fora de controle. Um vento começou a balançar os galhos das árvores e invadiu a abertura de uma janela escancarada. O chaveiro da porta de entrada oscilou suavemente na fechadura. Podíamos ouvir o barulho dos metais das chaves penduradas a se roçarem umas nas outras. Eu lhe disse que alguém tentava entrar naquele momento. Disse que o jornalista estava a nos procurar, eu mentia novamente. Nesse instante, ele desvia os olhos para a porta e eu arremesso em sua cabeça o gravador quebrado que estava no meu bolso. Com o susto, o revólver caiu de sua mão e eu avancei em cima dele. Empurrei o gajo e ele despenca no chão. Travamos uma luta absurda. Ganhei socos e pontapés no corpo inteiro. Ele segurou os meus pés e passou a arrastar-me pelo corredor do apartamento. Em determinado ponto, consegui agarrar-me nos marcos da porta da casa de banho e dei-lhe um chuto no rosto. Com o golpe, ele caiu no piso e bateu a cabeça no vaso sanitário. Levantei rapidamente para reagir, mas não precisava mais me defender. Ele havia desmaiado. O sangue começou a jorrar de sua cabeça. Fiquei sem reação e com ânsia de vômito. Estava com vontade de chorar, mas não caía uma lágrima sequer dos olhos. Foi um acidente. Juro que foi um acidente. Isso não saía da minha cabeça. Tinha que raciocinar rápido.

Limpei manchas de sangue por onde lutamos, eliminei marcas de digitais sobretudo nos batentes da porta da casa de banho e arrumei toda a bagunça. Devia descartar objetos quebrados. Peguei o gravador espatifado de volta e guardei-o no bolso do casaco outra vez. Deixei o ambiente em ordem, porém me intrigava ver aquele corpo caído no chão da casa de banho. Olhei-o mais uma vez. Havia a marca de seu pé naquele piso. Eu não entrei naquele espaço. Poderia ter sido um tombo acidental? Talvez sim. Era um risco muito grande, tive de me conformar com essa possibilidade. Saí de seu apartamento com cautela. Alguns fornecedores estavam na rua. Perguntaram se estava tudo certo. Disse que sim. Não seria tolo de dizer o contrário. Fiz tudo isso com muito medo. Andei aproximadamente oito quarteirões e tomei um carro de praça. O motorista estranhou-me muito ao ver-me de olho arroxeado. Disse que tinha sido uma briga de rua. Nada que tivesse tanta importância. Desci em um ponto um bocado distante do Casal Ventoso para não levantar suspeitas e poder descartar aquele objeto quebrado em qualquer lixeira fétida e repulsiva de Lisboa.

No bolso esquerdo do meu casaco, estava aquele objeto completamente danificado e, no outro, o revólver, que guardei por impulso. Não sabia o que fazer com essa arma. De volta a meu apartamento, deixei o casaco em cima da cama. Tomei uma ducha de água fria, limpei as feridas provocadas pela luta, pus curativos na barriga, nos braços e nas pernas. No outro dia, no período da tarde, a PSP já tinha identificado quem era o traficante. Quando os policiais e a ambulância chegaram à casa dele, sua mãe estava lá, aos prantos, sentada nos degraus da entrada do prédio. Apareceu no noticiário. Ele estava em coma.

Quanto ao revólver, ainda não sabia o que fazer. Talvez fosse ser útil ficar com a arma. Passei noites intermináveis tendo pesadelos com esse sujeito. Não conseguia dormir. Com insônia acentuada, virava a madrugada a fazer chutos, a caçar perversões, deslizes morais e a observar a noite do bairro. Foi a primeira vez que corri um risco grande de morrer. Sentia-me inseguro, agitado e desconfortável por estar exposto ao jornalista, que nunca mais reencontrei nas ruas, e aos traficantes do Casal Ventoso. E algo que me deixava extremamente nervoso: aquele homem em coma, ele poderia acordar a qualquer momento. Para melhor saber como era o real estado de saúde dele, busquei todas as informações a seu respeito. Descobri o nome do hospital e fui até lá.

Reconheci sua mãe naquelas imediações. Havia policiais. Era impossível adentrar nesse local sem causar desconfiança. O único ponto a meu favor era que ninguém me conhecia e eu poderia entrar ali sem problemas. Bastava obedecer ao horário de visitas. A passagem era livre nesse horário, mas teria problemas com os policiais que vigiavam o traficante dia e noite. Se eu fosse entrar no hospital, deveria ser apenas uma única vez. Seria à noite, durante a troca de plantão dos policiais. Comecei a rondar a casa de saúde. Observei os espaços vazios, os setores de lavagem de roupas, de descarte de materiais contaminados, de depósito. Era fácil entrar por esse sítio. No instante da troca de plantão, algo que durava cerca de cinco minutos, eu entraria tranquilamente através do subsolo. Foi o que fiz. Com um boné enfiado na cabeça, apresentei-me no setor de serviços auxiliares como funcionário, disse que o meu contrato era recente, estava sem comprovantes naquele momento. Permitiram minha entrada. Coloquei roupa de servente e peguei um carrinho de limpeza. Perguntei de onde vinha aquela agitação toda de polícia. Era no quarto andar. Centro de Tratamento Intensivo. As portas estavam abertas. Vi o rosto do gajo. A tatuagem de Hórus no braço. Deitado de olhos abertos, mas inconsciente. Mudo. Eu tinha menos de três minutos.

Diante daquele homem acamado, que quase arruinou a minha vida, fiquei imóvel. Fingi que estava a limpar o chão, para despistar médicos e enfermeiros. Ao curvar-me perto de seu leito para passar o rodo no piso, aproximei-me de seu rosto e sussurrei em seu ouvido sobre o quão válido tinha sido toda aquela luta para agora ele estar ali, sob vigia policial. Como sua mãe deu falta do revólver nos noticiários, disse-lhe que estava lá para devolver algo que não me pertencia. Apesar de ser um sujeito do mundo da contravenção, ele tinha posse legal de arma. Falei-lhe ao pé do ouvido que eu poderia muito bem jogar a pistola no Tejo, mas seria melhor que ela reaparecesse. O sumiço da arma tornava o caso ainda mais obscuro. Assim, guardei-a dentro de uma bolsa com os pertences dele, que estava em cima da mesa de cabeceira de sua cama. Avisei-lhe que o objeto procurado estava lá. Intacto. À disposição do primeiro que o encontrasse. Carregado desde o momento em que ele o apontou em minha face. Desapareci em um minuto dali. Ainda cruzei com o policial do plantão noturno.

Dias depois, a mãe do traficante tatuado estava a dar explicações à polícia sobre o revólver. A arma apresentava somente as suas impressões digitais. Ela foi a primeira pessoa a tocá-la quando a arma reapareceu.

5
VERGONHA DE GRITAR

Ach du liebe Zeit! Devo me desculpar por estar expondo histórias alheias? Deus que me perdoe, mas eu não posso me sentir nem um pouco culpada. Durmo com meu corpo todo estendido na cama. Rezo até cair no sono. Amanheço com o corpo suado. Aperto com força as mãos, agradecendo a Deus por mais um dia. A ideia de solidão aparece furtivamente. Enxugo as lágrimas. Molly, eu não tive culpa. Não importa como vieram parar em minhas mãos estes relatos. Isso só pode ser um sinal divino. Sigo em frente. Como pode ser tão óbvio que todos os criminosos mais alucinados da sociedade sejam homens? Constrangedor demais. É por isso que não suporto a insanidade dos outros. Não sei até que ponto fui ou estou sendo vítima de homens em estado de devaneio, mas me mantenho intacta entre o Jano que contempla o passado e aquele que admira o futuro. Prefiro permanecer intercalada. Quero ser o corte, a ruptura, a interrupção entre os dois. Deus sabe que tudo isso poderia ter sido muito diferente. Eles não desconfiam de que eu esteja a par da história de cada um. Conheço seus segredos. Eu também tenho mistérios. Procuro em minhas sombras a sordidez que me vincula a eles, mas não a encontro.

Alice me contou sobre suas atividades. Falou com afinco do dever que temos de nos expressarmos sem amarras. *Ach was!* Vejamos como o mundo é orientado: os pontos de vista são imperativamente masculinos. Ela tem tanto brilho nos olhos. Coloco as mãos na cabeça. Compreendo e reconheço situações assim. Por que não dar vazão à necessidade de ser mais livre e dizer o que penso sem medo de ser contestada? Disse a Alice que me sentia pronta para me defender. Veja, meu Deus, o universo não pode ser assim tão opressor. Ela me olhou no rosto com tamanha seriedade. Aquele olhar hesitante. O que vou fazer com este *spray* de tinta na mão? Alice estava curiosa. Eu não sabia o que dizer a ela. Sabia, sim. Sabia muito bem o que eu queria, falei-lhe que havia gostado da performance, das frases grafitadas nos muros. Eu tinha tanta vergonha de gritar. Aquilo me pareceu extraordinário. Precisava colocar para fora o que sentia. Aquela manifestação em Vitória. Era aquilo. Era como se fosse o meu grito. Alice ficou surpresa com o que eu disse. Pediu-me mais justificativas, precisava saber aonde eu queria chegar com aquele pensamento. Não tive outra saída a não ser confirmar que estava desejando agir como ela, de maneira semelhante. Fui educada pelas leis do silêncio, comunico-me com Deus completamente emudecida. Os grafites gritavam nas ruas da cidade. Eu não queria somente ter consciência de liberdade. Por que, Jesus Cristo, desprezar a sensação de ser livre? Ela me aconselhou a tomar cuidado com isso. Era muito estimulante para ela ver alguém tão próxima de sua rotina de artista de rua interessar-se pelo grafite. Sua trupe me acolheu por inteiro, mas não me integrei totalmente ao grupo. Eu não teria a menor aptidão para ser atriz. Procurava outros caminhos para a minha vida. Minha Nossa Senhora! Que tola! Jamais encontraria um rumo definitivo.

Comecei muito precariamente a grafitar. Quando percebi, já não era mais tão muda. As paredes falavam por mim. Meus dedos ficaram calejados. Quem toca em minhas pequenas mãos nota que a pele é muito grossa. Como pude romper a dureza dos concretos, a rigidez dos cimentos nas esquinas nossas de cada dia? Algo transformava a mesmice da paisagem. Diziam-me que eu era militante. Não sabia bem o que sentia. O peito estava vazio. Havia lacunas em calçadas, asfaltos, praças públicas. Pedi demissão da loja de sapatos. Trabalhar com aqueles artistas parecia ser mais proveitoso, embora fosse tão instável. Ampliei a divulgação das apresentações de rua. Com muito esforço, fiz o que pude. Eles precisavam de apoio para as encenações populares.

Gasto horas e horas pensando no que dizer aos que poderiam ser bons patrocinadores. Quando preciso me dirigir a estranhos, conversar com eles é fácil porque tudo é muito efêmero e superficial. Se preciso me expor, contar histórias sobre mim, então me escondo nas palavras que escrevo. O aperto no peito e as rugas da testa são sintomas do meu estado de permanente tensão. Esta história de refletir sobre quem eu era e de onde, afinal, eu tinha vindo: por Deus que eu não acredito que sigo na odisseia de ir ao encontro do meu lado avesso, na profundidade mais ignota de mim. Isso significava que deveria me emancipar e fazer estremecer a base milenar de dominação dos homens das cavernas, dos bárbaros, dos reis, dos padres, dos ditadores, dos presidentes, dos burocratas, dos empresários, dos chefes de família. Enquanto os navegantes deturpavam o ventre do mundo, as freiras me ensinavam latim e alemão todos os dias da semana. Eram dias de vida, morte e ressureição.

Certa vez, no centro de Vitória, vi uma moça caminhando com muita pressa pela rua. Ela usava uma camiseta preta que estampava a frase:

TODA MUDEZ
VIOLENTA
O DESEJO DE GRITO

Comentei com Alice sobre a expressão, mas ela me disse que nunca tinha visto essa mensagem antes. A moça seguiu pelo mesmo caminho que eu, subindo a Escadaria Maria Ortiz até chegar à Rua Pedro Palácios. Depois de subir toda a escadaria, deparo-me com uma frase de autoria anônima grafitada em uma parede. Chamou-me a atenção o comunicado incompleto:

QUANTOS PASSOS FALTAM PARA

Lembrei de uma história sobre aquela passagem de degraus deteriorados. No orfanato as irmãs me contaram que Maria Ortiz, filha de imigrantes espanhóis, morava com seus pais na Ladeira do Pelourinho, antigo nome da escadaria. Com a invasão de corsários holandeses na capitania, em março de 1625, a jovem aguardou os invasores subirem os degraus daquela passagem até o ponto em que estivessem em frente ao seu sobrado. Água fervente caiu sobre as cabeças deles. Outros moradores fizeram o mesmo. Atiraram pedras e toras de madeira em chama, dando tempo de a guarda portuguesa chegar e fazer os piratas retrocederem e fugirem às pressas.

Maria Ortiz e as mensagens modernas da escadaria. Quase quatrocentos anos depois. Quem sabe a fundo esse caso? *Ach Gott!* Todo mundo finge que não existe, mas isto é o que mais acontece: espancamento, tortura, assassinato e silenciamento. Violência ao extremo. São aqueles saqueadores do ventre do mundo. Na cidade de Vitória, outrora palco da expulsão de holandeses, uma menina de oito anos foi raptada, drogada, agredida e abusada sexualmente. Preciso dizer qual era a classe social dos acusados? Todos eles foram absolvidos.

Não, não. Eu me sinto tão sufocada em Vitória, mas luto com todas as minhas forças contra essa sensação. Minhas mãos seguram a cabeça, escorrem pela nuca, livre dos cabelos compridos, e contornam o pescoço. Eu não quero ser alvo e vítima de ataques macabros. Sentia o perigo de ser quem eu era. Eu não vou a certos lugares, eu não faço determinadas viagens, eu não ando sozinha na rua quando é muito tarde da noite. Imaginem se a polícia tivesse chegado a tempo de prender todos aqueles que estavam assistindo àquela peça ao ar livre? Quem vocês pensam que iria sofrer as consequências opressoras? Uma atriz que grafita uma frase na parede em determinado momento de sua performance deve fugir imediatamente, pois sua atitude será repreendida. Como ela teria sido tratada na cadeia se a prendessem?

Alice me ensinou a grafitar muros e paredes. Em algumas apresentações, eu mesma pegava o *spray* de tinta para colocar mensagens de protesto. Nós éramos nômades, nossas trilhas pela cidade eram infinitas. Tudo o que fazíamos era proibido, não havia permissão alguma para que nossas intervenções pudessem ser feitas. Éramos clandestinas. Éramos censuradas por querermos expressar o que realmente pensávamos. Eu, que sentia tanta vergonha de gritar. Meu *Lehrer* sempre me ensinou: *Reden ist Silber, Schweigen ist Gold!* Minha voz foi adaptada para ter uma sonoridade meio engasgada.

Com tantas dificuldades na vida e tantos percalços para se fazer teatro de rua, a trupe se desfez em poucos meses. Cada um seguiu para um lado diferente. Nunca mais os vi. Alice estava de malas prontas. Ela ia passar um longo tempo distante, tinha aceitado um convite para atuar fora de Vitória. Lúcia continuava trabalhando na recepção da imobiliária como sempre. Eu deveria voltar a procurar um trabalho. O que conseguia ganhar com o grupo de teatro não era o suficiente para pagar as despesas de moradia na pensão.

Depois de alguns dias buscando um trabalho, para continuar tendo uma vida própria, encontrei o serviço de atendente em um sebo de livros. O sebo tinha um acervo bastante numeroso. Não eram mais os sapatos nem mais as mãos sujas de tinta de *spray*. Minha rotina adquiriu tons de preto e branco. Olhava palavras que se destacavam em velhas páginas de papel. Lia por horas a fio alguns livros. Havia pouco movimento no sebo. Alguns clientes entravam para ficar apenas lendo. Ninguém dizia absolutamente nada. Silêncio. Fecho os olhos. Sou personagem de um filme mudo. Escuto sua voz, Molly. O que você está fazendo neste sebo? Tão desajeitada, com trajes muito ultrapassados para hoje em dia, falando de sexo, amor, casamento e amantes. Orgulhosa por nunca ter deixado de fazer o que quisesse. Sim. Sim para tudo. Eu faço o contrário. Eu digo não a todo instante. Eu não falo alto, eu não me exponho, eu não sei o que é o amor, eu não confio nos homens. Molly, você fala e até mesmo pensa pelos cotovelos, embora mal movimente os lábios. Flores e frutas. Aromas e sabores. As sensações são infinitas. Você arranca, de repente, o livro das minhas mãos. Quanta petulância! Eu jamais lhe dei a permissão de se dirigir a mim. Desde quando eu lhe dei tanta confiança? Você ri por causa de minha reação patética. Questiona a minha irritação. Como posso ser tão idiota? Como pode me chamar de fraca? Se eu sou fraca, então você é uma antiquada. Não. Eu não sou um peso morto no mundo. Por mais que eu fosse desprezível aos seus olhos, você não seria nada sem mim. Retrógrada!

Arranco de suas mãos este livro gigantesco. Eu o releio várias vezes. Você ainda me diz que sou muito erudita. Eu preciso ler mais de uma vez a história para poder entender melhor toda a sua trama. O dono do sebo me cutuca o ombro. Eu estava debruçada no balcão. Ele viu a obra em minhas mãos. Gentilmente deixou que eu permanecesse lendo. Foi assim que você, digníssima esposa do Sr. Bloom, começou a fazer parte da minha vida.

Ouço sua voz diariamente. Deus, estou ficando louca? Por que não grito com você? A minha coragem não está no clamor. É por isso que uso estas palavras. Tudo me oprime nesta cidade, mas não posso permitir que isso aconteça comigo. O fato de ter sido deixada na porta de um orfanato já é algo que me intriga demais. Eu tento me socorrer com a escrita. É como se eu tivesse a oportunidade de a todo instante nascer mais uma vez. Eu me descubro, eu me perco, eu me vejo, eu me oculto, eu me percebo, eu me desconheço, eu me espanto, eu me admiro. A escrita tem a força de um doloroso parto. Eu busco um nascimento.

Da multidão, vejo as mulheres. Muitos podem pensar que viemos ao mundo para sofrer e sentir todas as agonias possíveis. Elas também podem ser encontradas nos livros. Uma vez, num dia de trabalho no sebo, fiquei assombrada com os nomes de algumas personagens: Consuelo, Angustias, Encarnación, Dolores, Soledad, Socorro, Remedios. Isso não significava que elas passassem necessariamente por martírios abomináveis, mas seus nomes evocavam sufocos, penitências e castigos.

Parece que sempre vão matar as mulheres que ameaçam os saqueadores do ventre do mundo. Meu Deus, eu tenho a absoluta certeza de que, se um dia, eu tiver de dar o meu rosto para bater, algum pistoleiro surgirá para cravejar a minha carne de tiros. Quando uma mulher assume o controle no território, disparam, sem o menor escrúpulo, quantas balas forem necessárias para matá-la. Será que preciso explicar o porquê? Lúcia e eu questionávamos muito essas injustiças. Quando sobrava tempo, também falávamos ao telefone com Alice sobre essas tragédias milenares e outros assuntos.

Se eu fosse uma dessas personagens, talvez meu nome pudesse ser Soledad. Iguais a mim, quantas outras não serão solitárias como eu? Eu faço muitas perguntas a mim mesma, principalmente quando testemunho cenas do cotidiano que me evocam esse sentimento, a exemplo da mendiga da Praça Costa Pereira, acocorada em um canto ao lado de uma banca de revistas, anotando silenciosamente sabe-se lá o quê em um caderno em espiral. Tinha um nome escrito na capa. Provavelmente este era o nome dela: Ana. Segurava uma caneta esferográfica com muita força, às vezes concentrada nas folhas de pauta, às vezes olhando para o horizonte enquanto a mão direita continuava escrevendo.

Será que ela poderia se comunicar com a voz? De onde ela veio? Quem são os pais dessa mulher? Quanto tempo faz que ela está sem se alimentar? Não me custaria nada passar em um supermercado e comprar algo para ela comer. São muitas as situações constrangedoras que podemos testemunhar em uma cidade. Será que a mendiga anotava tudo que estava ocorrendo no cotidiano? Alguém, além de mim, nesse momento, teria a vaga lembrança de lhe oferecer um prato de comida? Refletia sobre ela na fila do caixa. Ao sair de lá, sentei-me em um bar para preparar um lanche com pães e frios. Separei-os para a Ana. Fiquei com receio de chegar perto, mas pedi licença ao me aproximar dela. Ela estava quase escondida atrás da banca de revistas. Seus olhos eram inquietos. Perguntei se o seu nome era Ana, ela me respondeu positivamente com a cabeça. Quando lhe alcancei os pães com presunto e queijo, notei que o caderno estava todo riscado. Somente riscos. Nenhuma palavra escrita. Entreguei-lhe o lanche e segui o meu rumo, chorando muito pelas ruas.

Quem não está perdida como eu? Deus, eu tenho tanto medo. Toda mulher é um alvo: Maria Ortiz, Molly Bloom, Consuelo,

Angustias, Encarnación, Dolores, Soledad, Socorro, Remedios, Ana, Lúcia, Alice e qualquer menina sujeita a perversões sexuais e perseguições abusivas. Sou o segundo sexo em um mundo soberano de violência? Onde eu devo me enquadrar? Sou uma afronta à sociedade da qual faço parte? Qual papel me serve? *Ach was!* Teimo em falar das interrupções que sofremos. As notícias surgem a todo minuto.

Sempre passo pela Escadaria Maria Ortiz por volta das sete horas da noite, indo para a pensão. Subo pelos mesmos degraus, passo em frente à parede com aquela frase incompleta. Dentro da minha bolsa, havia um *spray* de tinta. As ruas calavam-se aos poucos, mas alguns transeuntes ainda circulavam por perto. Ninguém se importaria muito se eu terminasse aquilo. Pensariam com espanto que eu era só mais uma delinquente. Nenhum policial ou viatura da guarda municipal estava à espreita. Se era para dizer sim, infinitamente sim, então seria para concluir o recado de autoria desconhecida naquela parede:

QUANTOS PASSOS FALTAM PARA DEIXAR O MEDO PARA TRÁS?

Eu nasci nesse momento, desapegando-me daquela vergonha de gritar. Depois de uma era de silêncio e pensamento, eis-me aqui. Verbo. Manifesto. Contestação.

II FRAGMENTO DE JANO

AQUELE QUE SE ENTORPECEU NAS NOITES DE VITÓRIA

6
NOITES TRIVIAIS

Consegui um trabalho. Atendi clientes em um bar. Implorei pelo emprego. Eu era qualquer um. Estava disposto a qualquer coisa. Não queria ser vencido por outro candidato. Seria muito fácil perder. Seria rápido. Meu terrível histórico.

Não me sinto tão maduro assim. Tão poucas habilidades. Difíceis as chances. Impossível adquirir independência. Evitei a vigilância de minha mãe, permanecendo no porão. Meses e meses. À noite, trabalhei naquele bar. Dissolvi o fantasma da morte hedionda. Essa sombra implacável. Vi um comprimido. Um comprimido caído no canto da pia do banheiro daquele bar. Parecia uma aspirina. A coloração laranja. O desenho de uma estrela amarela. Uma "bala", como diziam. Algum cliente deixou cair do bolso. Aquela pílula caída sem querer no chão. Houve um tempo em que eu era muito imaturo.

Sabia que não estava seguindo nenhum caminho seguro ou confiável. Me entorpeci na euforia das festas. Experimentei pela primeira vez um daqueles comprimidos. Era novidade recém-chegada da Europa. Substância pouco conhecida. Hoje todos devem consumir. Usei muitas vezes. Era preciso juntar dinheiro para comprar. Custava muito caro. Estimulava os desejos. Eram as horas mais esfuziantes. Uma frenética sensação de bem-estar.

As casas noturnas de Vitória. Noites triviais. Só alguns sabiam o que tinha de novo. Estrangeiros desembarcavam no cais do porto. Viajavam pelo Brasil. Frequentavam nossas boates. Os comprimidos circulavam aos poucos. Só alguns sabiam. Diziam que era fácil despistar o rastreamento. Diziam que embalavam aquelas substâncias em papel-carbono. Diziam que escondiam aquelas substâncias em pequenos pacotes. Escondiam dentro de bolas de tênis.

Ouvia músicas vertiginosas. Uma parafernália de equipamentos. Todos pulavam sem parar. Atordoantes batidas eletrônicas. Em alto volume. Quase sem interrupções. Pulsação contínua. Pulsação que se repetia. Todos se agitavam compulsivamente. Eram ritmos convulsos. A sede era intensa. Muita água. Muita água para tirar a sequidão da boca. Noites excêntricas. Diversões burguesas. Todos estavam alucinados. Não pensava em futuro. Aquele som acelerado. Tudo tão rápido e efervescente. Não havia nenhuma dificuldade em ser livre. O único transtorno era lidar com a liberdade. Não sabia o que fazer. O mundo andava menos analógico.

Não falava com quase ninguém. Não falava a mesma língua que os outros. Os outros tinham dinheiro. Os outros faziam o que queriam. Os outros moravam bem. Mergulhávamos em um pântano eletrônico. Eu usava um *walkman*. Inúmeras fitas cassetes. Ouvidos atentos ao que tocava nas rádios. Não havia melhor distração.

Consumi aquelas pastilhas festivas muitas vezes. Me aproximei daqueles que vendiam. Me chamaram para vender em clubes e eventos. Um rapaz de óculos escuros e boné controlava as transações. Nunca soube quem era. Impossível lhe reconhecer na penumbra da festa. Jamais o identificaria. Atendia pelo nome de Null. Era assim que queria ser chamado. Era estranho. Aparecia de repente. A qualquer hora. Ficava menos de dez minutos. Levantava a mão com o punho fechado. Era o sinal. Entregava a embalagem na minha mão. Levava o dinheiro. Desaparecia no meio da multidão. Todos dançavam na pista. Era o combinado. Uma pequena quantidade de pastilhas. Guardava dentro da pochete. Não dizia nenhuma palavra. Nunca ouvi sua voz. Silêncio e felicidade sintética. Mudez desagradável. Era tudo muito rápido. Null sumia depressa. Eu transitava muito na festa. Andava com uma jaqueta *jeans* surrada. Não me sentia à vontade. Ninguém via nada. Aquelas pastilhas. Tudo muito divertido. Tudo muito acessível. Tudo muito recreativo. Difícil saber quem não estaria extasiado. A duração do tempo era outra. Não havia o mundo exterior. Não havia crise alguma. Após o efeito da substância, aquela realidade hostil.

Eu só pensava em usar a pastilha. Meus pais jamais compreenderiam. Não tinha como esconder todo o entusiasmo. Permanecia em transe por muitas horas. Demorava tempo demais para passar o efeito. Sentia sede demais. Às vezes não voltava para casa. Se voltasse, deveria ficar trancado no quarto, alucinado. Mentia que estava praticando atividade física. Sabia que não acreditavam. Eles aceitavam. Aceitavam para que ficassem menos ansiosos. Não podiam me controlar.

Saía à noite com muita frequência. Poderia ir a qualquer lugar onde houvesse festa. Era raro encontrar um ambiente noturno sem música eletrônica. Em uma certa noite, uma menina me puxou pelo braço. Dançamos. Entrei no espírito distraído de sua alegria. O sorriso dela era como uma luz que se acendia. Minhas reações eram artificiais. Comecei a notar a sua presença em determinadas noites. Me aproximei dela. Passamos a nos envolver. Verônica. Nunca mais esqueci seu nome. Ela era muito magra. Cabelo aloirado e curto. Olhar penetrante. Éramos inconsequentes. Não posso negar que arriscava a vida naquela época. Inclusive essa moça. Ela dizia que estava de passagem. Iria viajar em breve. Não sabia para onde. Não tínhamos contato algum fora dali. Ela não queria envolvimento. Eu deveria ser alguém à margem. Ela gostava de ser ouvida. Comentou que estava em fuga. Quando resolvia que já era hora de ir embora, ela seguia o seu rumo. Sem avisar. Desaparecia de repente e ressurgia nos mesmos lugares que eu frequentava. Até que um dia nunca mais a vi.

Verônica não demonstrava apego. A gente transava em qualquer banheiro. A gente estava sempre correndo riscos. A gente não passava de meros desconhecidos. Encontros ao acaso em algumas festas. Não tínhamos nenhuma relação. O meu mundo era outro. A realidade exigia de mim a responsabilidade que eu não tinha. Talvez a polícia pudesse me encontrar morto de overdose. Veriam um corpo sem vida no chão de uma casa noturna. Engasgado com o próprio vômito.

Era curiosamente desastroso quando Verônica cruzava por mim. Me sentia hipnotizado. Fomos surpreendidos por Null dentro do banheiro quando fizemos sexo pela última vez. Ela gostava de enfrentar riscos. Dessa vez me avisou que não nos veríamos mais. Nunca mais a vi. Ela era impetuosa. Inexplicavelmente, ela arrancou os óculos escuros de Null. Foi esbofeteada por ele. Tentei segurar as mãos daquele homem. Ele prensou minhas mãos contra o espelho do banheiro. Os fragmentos cortantes começaram a cair. O espelho esfacelou-se todo. Levei um golpe no meio da testa. Fiquei desacordado por alguns minutos. Verônica já havia sumido. Lembro de ouvir os passos de Null saindo às pressas do banheiro. Tentei me erguer. Já havia tomado muitos socos. Escorria muito sangue das minhas mãos. Pessoas entorpecidas e bêbadas me olhavam assustadas. Quando me esmagou contra o espelho, nos encaramos fixamente. Meus olhos observaram um borrão. Uma esquálida fisionomia. Estava tão alucinado que mal podia identificar aquele rosto. Não consegui me levantar daquele assoalho molhado. Chegaram três seguranças no banheiro e me retiraram do lugar. Pediram para esperar o atendimento médico. Ouvi o som de uma ambulância. Sangrava muito. Resolvi desaparecer o mais rápido possível. Comprei curativos em uma farmácia. Nunca mais vi nenhum deles. Talvez eles nunca tenham existido.

Por vários dias fiquei com a lembrança daquela noite. Em pouco tempo, Verônica e Null começaram a desaparecer da minha memória. Não saberia mais reconhecê-los. Dois anos se passaram. Eu ainda pensava neles. Queria reencontrá-los nos mesmos lugares de sempre. Confundia-os com outras pessoas. Era frustrante demais. Decidi parar de procurá-los. Me afastei das transações. Desapareci das noites de festa. Eu continuava sendo um viciado.

Tinha um bom estoque de comprimidos guardado. Era muito comum eu ficar dois ou três dias sem dormir. Não havia água suficiente que pudesse saciar a minha sede. Eu ficava cada vez mais agitado. Em casa, meus pais já tinham percebido que eu estava me drogando. Tentaram me ajudar. Eles me internaram em uma clínica de dependentes químicos. Fiquei internado durante seis meses apenas. Não aguentei a monotonia da reabilitação. Pedi aos meus pais para que me deixassem voltar para casa. Prometi a eles que iria mudar. Prometi que procuraria um emprego decente. Eles precisavam sentir confiança em mim. Foi assim que consegui sair da clínica. Voltei para casa.

Todas as noites Verônica aparecia para mim em meus pesadelos deploráveis. Eu a encontrava sempre dentro de um vagão de trem suburbano. Ela me pedia para ter paciência, pois um dia voltaria a me procurar. No entanto, insistia que a viagem era necessária. De repente tudo começava a ficar escuro. A paisagem externa havia sumido enquanto o trem corria pelos trilhos. Restava somente uma luz muito esmaecida no meio do vagão. Eu era levado pela sua mão em direção ao teto. Pelo lado de fora. Sem perceber, estávamos lá em cima do vagão, observando o breu ao redor. As luzes minguadas do trem. Eu não conseguia falar nada. Ficava mudo o tempo inteiro. Ela me ofereceu um daqueles comprimidos e duas escolhas: eu devia saltar do trem ou lhe matar. Somente um de nós deveria pular do trem em movimento. Nenhuma das alternativas me agradava. Recusava as duas possibilidades, balançando a cabeça para os lados. Uma de suas mãos sangrava demais. Ela estava segurando um pedaço afunilado de caco de vidro espelhado. Ela quis perfurar meu pescoço com aquela lasca, mas pude me defender a tempo. Segurei sua mão no ar. Vi um reflexo no fragmento embolorado do espelho.

A lâmina refletia o rosto de Null. Assim que piscava os olhos, Verônica reaparecia no reflexo do espelho. Mordi sua mão, lhe fazendo soltar o estilhaço. Em seguida, bati em seu rosto e comecei a enforcá-la. Começou a sair sangue de seus olhos. Sua face ficou roxa. Ela estava morta. Joguei o corpo para fora do comboio. O trem acelerava ainda mais. Fiquei sozinho em cima do vagão. Resolvi retornar para dentro dele. O trem para, subitamente, alguns segundos. Estava em uma estação sem nome. Fiquei no assento, aguardando algo acontecer. Pensei na situação absurda. Verônica ressurge desfigurada, do fundo do vagão, com lágrimas de sangue. Agradece por eu ter escolhido o desfecho correto. Estava orgulhosa de mim. Pediu para irmos novamente para cima do trem. Ela foi primeiro e estendeu a mão para me ajudar a subir. Quando lhe dei a mão, ela me empurra com força. Eu começo a cair na escuridão. Nunca termino de cair. A sensação de queda é interminável. Nesse transe, eu acordo assustado em cima da minha cama. No quarto da casa dos meus pais.

O pesadelo sempre se repete. Em todas as noites. Às vezes, eu demorava a dormir porque sabia que meu sono seria um tormento. Seria uma aflição noturna. Não tinha ideia do que poderia fazer. Sabia que minha mãe tomava um remédio para dormir. Então, resolvi usá-lo em segredo. Precisava ter uma noite de sono calma. Funcionou bem. Infelizmente comecei a ter dificuldades para despertar. Ficava sonolento o dia todo. Para não permanecer prostrado, parei de consumir o remédio. Aos poucos, fui me libertando do pesadelo. Comecei a procurar emprego pela cidade, o que não era muito fácil para mim. Não tinha experiência alguma com nada. Era muito jovem. Ingênuo demais diante de uma metrópole competitiva. Eram ruins as chances de arrumar um trabalho. O ambiente urbano era elitista ao extremo. Batia de porta em porta. Deixava o meu currículo em tudo que era lugar. Não havia nenhuma oportunidade. Era desanimador. Nesses momentos, eu queria voltar a me drogar. Frequentar aquelas festas. Reencontrar Verônica. Recuperar aquele perigoso trabalho noturno.

Voltei a consumir aquelas pastilhas. Ingeri todas que havia estocado no fundo falso de uma mala guardada em cima do roupeiro. Havia uma possibilidade de emprego em uma oficina de carros. Comecei a trabalhar lá como auxiliar de mecânico. Muitas vezes eu ia trabalhar sem dormir. Era até mesmo muito regular eu não dormir por dois ou três dias. Meu chefe era extremamente autoritário. Gostava de dar bofetadas nas costas. Sempre que cometia algum erro, levava esporro. Sofria humilhações contínuas. Ele fazia chantagens comigo. Eu devia agradecê-lo por ter aquele trabalho. Não haveria qualquer outra possibilidade de ocupação para mim. Eu devia baixar a cabeça e fazer tudo que ele me pedia.

Os pesadelos com Verônica também retornaram. Certa vez, ao acordar, eu a encontro sentada na beira da minha cama. Ela me diz que eu não deveria pensar que ela não voltaria nunca mais. Eu não estava acreditando naquilo. Pisquei os olhos várias vezes. Ela continuava ali. Ela tinha dois comprimidos coloridos na mão. Um para ela e outro para mim. Deduzi que fosse aquela mesma substância. Não tinha certeza. Ela me fala palavras de incentivo, dizendo que eu precisava de mais ânimo. Meu chefe me exigia muita energia física durante o trabalho.

Engoli o comprimido e saímos juntos de casa. No meio do caminho, ela me beija na boca e se despede repentinamente de mim. Atravessa uma rua movimentada. Passam muitos ônibus e carros. Verônica desaparece. Tive uma vertigem.

Ao chegar para trabalhar na oficina, o mecânico reclama do meu atraso. Despeja centenas de peças para eu colocar em alguns automóveis. Atira em mim o macacão de trabalho. Me visto para poder começar o serviço. Me deito na esteira de mecânico. Começo a mexer debaixo dos carros. De repente, alguém me puxa para fora da esteira. Era Null. Ele tinha um recado. O problema estava na ignição. Eu devia consertar o motor. Eu devia usar um martelo bem forte para me defender. Meu chefe quer me matar. Eu devia tomar cuidado.

Não, não poderia ser verdade. Eu não estava delirando a esse ponto. Isso seria impossível. Apesar de eu estar me sentindo tão exaltado, Null estava correto. Eu devia fazer reparos na ignição. Meu chefe perdeu a paciência comigo. Me bateu com força. Me deu socos no rosto sem parar. Quando vi o semblante dele, enxerguei a face de Verônica. Ela parecia estar me provocando. Ela disse que eu jamais teria futuro. Eu era um idiota. Perguntou se eu ia ficar caído no chão. Exigiu que eu tomasse uma atitude. Queria ver se eu tinha coragem de revidar. Ela continuou me ofendendo. Eu não passava de um verme viciado. Foi nesse dia que trabalhei pela última vez naquela oficina. Depois disso, tudo mudou.

Acreditei que tinha assassinado Verônica. Na verdade, eu matei foi aquele mecânico. A cada insulto que escutava, mais a minha raiva aumentava. Eu era um fantoche nas mãos dele. Ele fazia o que bem entendia. Verônica surgia e desaparecia várias vezes. Quando a polícia entrou na oficina, eu estava em estado de choque. O corpo todo sujo de sangue. Pude perceber que havia cometido um grande erro. Eu não parecia estar em um estado normal. Fizeram um exame toxicológico. Tinha ingerido ácido lisérgico. Noites triviais. Me sentia paranoico. Fui parar na prisão. Me algemaram rapidamente. Me colocaram dentro do camburão. Lembro de ter ouvido no rádio do carro da polícia de que o terremoto em Kobe havia matado mais de seis mil pessoas.

Essas lembranças ocuparam a minha mente enquanto admirava aquele pequeno comprimido laranja com uma estrela amarela desenhada. Jogado ao acaso no canto do banheiro. Meu expediente como garçom havia terminado. Retornei ao tempo presente. Alguém muito aflito batia na porta. Pressa para mijar. Recolhi a pastilha do chão. Joguei a pastilha dentro do vaso sanitário. Puxei a descarga. Fui embora do bar. Noites triviais.

III FRAGMENTO DE JANO

AQUELE QUE VEIO DE LISBOA PROCURAR A MÃE

7
ONDE ESTÁ CASSANDRA?

Tu vais pensar que sou louco, Jano. Talvez seja, mas, como já lhe disse, tanto se me dá como se me deu o que tu julgas. Eu nunca mais tive paz em minha vida. Parece repetitivo dizer isso. Acontece que tem sido complicado há algum tempo conseguir sobreviver às escondidas, pois vivo desconfiado que a PSP, os traficantes do Casal Ventoso e a imprensa estão a procurar-me por Lisboa. Precisava preservar a minha identidade de toda a curiosidade alheia.

Tornou-se impossível sair a esmo sem me preocupar com olhares e ter sensações estranhas de que estivessem a perseguir-me. Desconfiava de qualquer pessoa. Principalmente após aquele incidente. Tudo caiu no esquecimento depois de alguns anos. Eu também já havia desistido de encontrar Cassandra, embora a curiosidade pelo seu paradeiro continuasse em minha cabeça. Fui até mesmo aos cemitérios para saber se estava morta. Levei muito tempo a fazer isso. Eu andava pelas ruas do Intendente a beber e a transar com muitas raparigas. Todas as mulheres daquele bairro sabiam o que eu estava a buscar. Uma das prostitutas mais antigas da região estava muito enferma e precisava de dinheiro para tratar de sua doença cardíaca. Surgiu em minha frente enquanto estava sentado em uma taberna a beber vinho. Prometeu contar-me tudo sobre Cassandra, desde que eu arrumasse dinheiro para ela. Então, pronto. Dei-lhe o suficiente para que ela pudesse fazer o seu tratamento. Nesse instante soube que Cassandra tinha ido embora de Portugal. Foi morar no Brasil. Separou-se de nosso pai e levou-te embora, Jano. Eu perdi muito tempo em Intendente para, enfim, descobrir que ela estava viva. Do outro lado do Atlântico.

Cerca de duas horas depois, ligo a televisão e assisto ao noticiário. Uma das reportagens exibidas era justamente sobre a vulnerabilidade dos usuários da tão disseminada heroína. Depois de alguns anos em coma, aquele traficante recém havia acordado e recuperado os sentidos. Estava a dar entrevistas. A PSP o prendeu, mas ele conseguiu fazer um acordo com os investigadores para diminuírem a pena. Além disso, elaborou um retrato falado de quem teria entrado em sua residência naquele dia do ocorrido. Sua mãe também solicitou ao hospital onde ele permaneceu esse tempo todo a gravação das imagens internas do CTI que fossem do início da internação. Dessa vez, a explicação para o ressurgimento do revólver em meio aos pertences do filho internado foi melhor assimilada pela polícia. Divulgaram as cenas internas do local. Eu apareço no vídeo, mas não puderam ver nitidamente o meu rosto, pois eu estava de boné e de cabeça baixa. Certificaram-se de que alguém esteve a visitá-lo enquanto ele estava hospitalizado.

Era o momento propício de sair de Portugal. Embarquei em um avião e cheguei ao Brasil. Fazia um tempo chuvoso em Vitória. Hospedei-me no centro. Desfiz a mala abarrotada de roupas e guardei-as em um armário com os demais objetos pessoais que talvez fosse precisar. Pus-me na cama para dormir. No dia seguinte pretendia sair à procura do endereço que tinha em mãos. Que sensação estranha eu sentia por estar em um sítio tão diferente. As pessoas falavam o meu idioma, mas de maneira bué distinta. Eu não sabia de onde vinha este raio de ideia fixa de vir procurar uma mulher em terras estrangeiras. Cá estou agora, Jano. Deram-me o teu telefone. Avisei-te que estava de viagem. Marcamos um encontro.

Tu ficaste desconfiado daquela ligação, porém não podes ignorar os nossos laços. O tempo estava contra mim, não poderia demorar demais. Eu vou morrer em breve. Sabia de tuas condições. Compreendi que estavas recluso. Apesar disso, creio que nos poderíamos rever. O melhor horário deveria ser a noite. Seria mais tranquilo. Para ti, deve ter sido difícil reencontrar-me. Deixamos de nos ver quando ainda éramos bué pequenos. Não pudemos conviver nem mesmo na época em que éramos miúdos. Tu deves imaginar que nascemos em um hospital português, mas isso não é verdade.

Eram quase nove horas da noite. Entrei em um carro de praça e pedi ao motorista que seguisse em direção ao Parque Moscoso. Desci ali mesmo. A casa que devia procurar ficava naquelas imediações. Deparei-me com correntes presas em um velho portão de ferro. A ferrugem era evidente no metal, e a casa parecia estar bastante deteriorada. Era um sobrado escuro. Quem sabe já tivessem se mudado há tempos. Talvez o endereço fosse outro. Eu diria que o sítio estava abandonado, mas havia uma luz acesa dentro da casa. Dei batidas na porta para que notassem a minha presença. Um gajo com óculos embaçados atende-me. Disse que não conhecia nenhuma Cassandra e fechou a porta de repente. Afastei-me da casa. Fiquei sentado em um banco nos arredores do parque e fiquei a observar aquela moradia à distância de uns dez metros. Depois de uns vinte minutos, aquele mesmo gajo sai da casa. Deixou o portão livre das correntes. Imaginei que fosse voltar em breve. A porta de entrada estava seguramente fechada, com toda as janelas devidamente trancadas. Naquela hora da noite, arrombar uma porta poderia alarmar a vizinhança. Impossível não chamar a atenção de vizinhos. Dei um chuto na fechadura da porta. Não consegui fazer o arrombamento do sobrado de maneira totalmente silenciosa, mas procurei fazer tudo o mais rápido possível. Qualquer barulho que se ouvisse durante aquela ocasião poderia ser tolerado, uma vez que a maioria das pessoas naquele momento estão a se ocupar com outros afazeres domésticos. Uma pancada mais brusca poderia ser o rumor de gatos sem donos atrás de ratos, a movimentação martirizante dos mendigos, a queda indecente de madeiras podres que despencam de um teto, a batida forte de um portão a ser fechado. Tudo naquela rua poderia fazer ruído. Apesar do perigo de ser descoberto, nada aconteceu. O silêncio era absoluto. Nenhum indício de alma viva, a não ser daquelas que poderiam estar desencarnadas dentro do sobrado.

Evitei acender as luzes da casa. Com a iluminação da rua, a penumbra não era absoluta dentro do sobrado. Havia uma cama com colchão empoeirado. Em seguida, comecei a ouvir sirenes policiais. Fiquei apreensivo, mas não eram para mim aqueles sinais sonoros. Embora tivesse a desconfiança da perseguição dos policiais, eu não estava mais em Lisboa, a PSP não estava atrás de mim fora do país. Depois de alguns segundos, parei de ouvir os alarmes, e a quietude noturna reestabeleceu-se soberanamente. Concluí que poderia ao menos procurar por algum retrato ou qualquer outra informação sobre Cassandra naquela casa. Algo me dizia que o gajo deveria saber onde ela estava, mas não quis dizer.

Vasculhei o sobrado inteiro. Procurei por fotos, papéis, correspondências, documentos que pudessem indicar alguma informação sobre a mulher que eu queria encontrar. Passaram-se duas horas. O homem que talvez estivesse a cuidar do sobrado não tinha voltado. Jano ainda não tinha chegado. Estranhei a demora de ambos. Também estava a demorar imenso no interior daquele lugar. Permaneci um longo tempo ali. Não posso dizer que foi algo completamente tranquilo, com todo o sossego do mundo de Vitória. Foi difícil ao extremo, pois, a qualquer instante, poderia aparecer aquele gajo ou tu mesmo surgisse, caro irmão. Continuei a revirar tudo. Estava a contar com a sorte, isso me mantinha ocupado. Mas sabia que o risco era muito grande, sentia-me aprisionado dessa forma. Estava enclausurado em uma busca sufocante e monótona.

Por mais que devesse tomar precaução com a minha conduta no sítio, isso era cansativo, entediante. Beirava ao absurdo estar de vigília por tanto tempo. Ninguém apareceu. Enquanto estava dentro do sobrado, o passado voltava à tona em minha mente, lembranças de minha infância surgiam de forma inesperada, experiências frustrantes da juventude também eram retomadas, o que me causava uma sensação amarga pela vida em tempo presente. Agora, nesse momento em que estou, precisava olhar para a frente. Projetar o que ainda está para acontecer não seria uma tarefa das mais fáceis. O que o futuro pode reservar-me talvez seja algo decepcionante e vergonhoso. Ficar sozinho em uma casa abandonada, isolado das pessoas e a correr o risco de ser flagrado por alguém estava a fazer-me mal. Olhava para trás, olhava para a frente, voltava a olhar para trás de novo e, outra vez, para a frente. Jano, nós temos as mesmas faces. Estamos enredados em um tempo insólito.

Estava com receio de que ficasse demasiado tarde. Resolvi organizar a bagunça que fiz. Talvez fosse necessário consertar a porta. Aquele homem não vai voltar para cá. Não devia morar no sobrado. Tudo pareceu ser ainda mais sombrio neste solitário instante da noite. Abri uma das janelas para olhar a rua. Do outro lado, estava o Parque Moscoso, os carros passavam, velozes. Alguns transeuntes caminhavam a passos ligeiros. Algumas prostitutas. Notei uma movimentação agitada de pessoas em um prédio. Observei o almeida que passava de caminhão para recolher o lixo.

Havia pouca gente a circular na região, não seria tão suspeito sair da casa naquele horário da noite. Tudo o que eu precisava era de discrição e o máximo de silêncio possível para não chamar a atenção de ninguém. Por outro lado, a saída poderia representar um grande engodo para a polícia. Talvez o gajo tivesse armado a situação. Eu andava paranoico. Apesar de criar tais conjecturas, tudo o que estava a imaginar não foi concretizado da maneira como havia idealizado.

O que poderiam dizer os meus parentes sobre mim, se soubessem da jornada que estou a fazer? Não saberia dizer o que poderiam pensar, mas tudo que estou a fazer relaciona-se com a minha família. Eu procurava a mulher que nos deu origem, Jano. Não a conheço e não tenho notícias dela desde o dia em que nasci. Ela desapareceu após o puerpério, e nunca me quiseram dizer o que havia acontecido com ela. Nosso pai já está bastante idoso e cada vez menos lúcido. Nossa tia, um tanto distante dos familiares, irmã de nosso pai, mora no Porto e decidiu cuidar dele. De vez em quando, aparecia na casa dela para visitá-lo, embora ele não se lembre mais de mim devido ao esquecimento que se alastrou em sua memória. Antes de adoecer, ele mencionou que havia adquirido uma casa no Espírito Santo onde chegou a morar. Falou-me de uma pequena choupana em Regência Augusta. Transferiu a escritura da precária moradia para o meu nome. Fez questão de avisar-me que não havia nada sobre Cassandra nesse sítio. Ele também não sabia onde ela estava. Romperam há muitos anos. Acreditei no que ele disse, mas não poderia deixar de ir até esse povoado. Meu pai admirava a natureza. Vivia a enaltecer paraísos e encantos das terras brasileiras. Gostava de regiões pacatas para descansar em período de férias. Gostava muito de praias próximas de reservas ecológicas e com pouca movimentação de turistas. Assim, ele adquiriu um pequeno terreno nesse vilarejo e mandou construir uma habitação modesta para descansar em seus tempos vagos. Cá estou.

Antes de vir para Regência Augusta, procurei por Cassandra em Vitória. Por causa disso, invadi o sobrado depois que aquele sujeito saiu da casa. Mas de súbito, ouvi o ruído das correntes no portão. O gajo voltava. Espantou-se com a porta arrebentada. Entrou com um pedaço de madeira nas mãos. Nesse instante, acendi a luz e pedi a ele que tivesse calma. Eu não lhe queria fazer mal algum, apenas buscava informações sobre Cassandra. O homem espumava de raiva e repetiu que não sabia quem era essa mulher. Bradava imenso. Avisou-me que chamaria a polícia.

Por mais que estivesse a pensar meticulosamente em tudo para não ser capturado pela PSP em Lisboa, agora eu estava prestes a ser preso pelos policiais brasileiros. Fui escorraçado do sobrado. O homem estava possesso pelos estragos feitos. Ficou aos berros no meio da rua a reclamar de tudo o que tinha feito dentro daquela casa. Com a voz enérgica e ruidosa, negou milhares de vezes que não tinha a menor ideia de quem era a tal Cassandra. Para não demonstrar nervosismo, continuei a ouvi-lo com uma tranquilidade dissimulada. Notei que uma viatura policial avançava lentamente pela rua do sobrado. Naquela hora da noite, tudo o que estava a evitar era todo aquele constrangimento. Sentia-me bué perseguido. Atravessei a rua e dirigi-me para um lado da calçada que estava sem luz. Cobri a cabeça com capuz e permaneci com as mãos dentro do bolso do casaco. Olhei para trás e vi que havia somente um homem dentro do carro e que outra pessoa surgia a pé pela rua. Pareciam seguir-me sorrateiramente. A viatura então aproxima-se. O policial que estava no carro ordena que eu pare de andar e tire o capuz. Evitei olhar-lhe em seu rosto. Quando ele terminou de dar o comando, o gajo enraivecido do sobrado aproximou-se para encaminhar a sua queixa. O vulto do sujeito a pé ficava mais nítido. Expliquei-me com afinco, disse que tudo era uma grande confusão. Repararam no meu sotaque e desconfiaram de minhas respostas. O policial desceu do carro e pediu-me os documentos. Mostrei o passaporte. Queria levar-me até a delegacia. Não, isso eu não poderia admitir. Eu estava prestes a encontrar o meu irmão. Olhei o revólver na cintura do guarda e o pedaço de madeira nas mãos daquele homem insano. Deveria ser rápido e preciso nos movimentos. Eu não tinha nada a perder. Lembrei-me que só restava um bocado de tempo para viver. A pessoa que estava a caminhar a pé chegava mais perto. O policial insiste para eu entrar em seu carro. Estava prestes a colocar-me as algemas nos pulsos. Disse que iria acompanhá-lo, mas foi a ocasião propícia para golpeá-los. Dei um murro no meio do rosto daquele sujeito e arranquei de suas mãos o pedaço de madeira. Quando o policial sacou a arma, dei-lhe uma porretada com o mesmo objeto. Os dois sujeitos caíram ao chão, desacordados.

Quando estava prestes a despejar uma bala naquele policial, o indivíduo que vinha a pé aproximou-se rapidamente. Eras tu, Jano. Paraste atrás de mim. Tentaste manter-me imobilizado. Seguraste a minha mão por cima do revólver, a pressão dos teus dedos foi maior, e um tiro foi disparado acidentalmente. Um disparo dado para o céu. Em seguida, rendeste-me de forma inesperada, tomaste a arma de minhas mãos e pediste para eu ficar calmo. Disseste para corrermos e sairmos logo daquele sítio. Ao fundo, outras sirenes ecoavam pelas ruas adjacentes. Provavelmente surgiriam mais viaturas.

Não o reconheci quando vinhas a passos lentos pela rua, mas eras tu, Jano. Incrivelmente idêntico a mim. Depois de mais de trinta anos, pudemos nos rever. Enquanto corríamos, observávamos um ao outro. Era espantosa a semelhança. Eu coloquei o capuz sobre a cabeça. Estava com medo. Assim, sumimos pelas ruas de Vitória. Corremos por uns cinco minutos. Chegamos ao hotel onde eu estava hospedado. Tínhamos muito o que conversar. Tu sabes que a minha primeira pergunta foi esta: onde está Cassandra?

8
VER O MUNDO

Antes de se dissolver, a trupe me colocou em contato com um grupo de grafiteiros bastante conhecidos na cidade. *Wie wunderbar!* Aos finais de semana, encontrava-os para grafitar no centro de Vitória. Escolhíamos muros de propriedades abandonadas. Como eram espantosas as paredes dos prédios. Sentia uma sensação de vazio muito forte diante do cimento. Tocava os muros para conferir qual era a tinta que estava por trás de outra. Às vezes, descobria cartazes antigos por debaixo de revestimentos acrílicos. Propagandas políticas, anúncios de shows de música e peças de teatro, divulgação de marcas de margarina, avisos de greve geral e pequenos panfletos de garotas de programa grudados com cola. Por trás das paredes, havia uma história, uma crise, uma promessa, um escândalo, uma injustiça, um sacrifício. Eu não me cansava de descascar aquelas coberturas de tinta seca. Minhas unhas se quebravam constantemente. Quando era possível, trazia à tona as imagens submersas, principalmente aquelas que me diziam algo mais significativo. Transformava as mensagens originais em comunicados com um apelo diferente. Nem sempre eu tinha a oportunidade de criar uma intervenção sozinha. Os artistas que eu acompanhava gostavam tanto de me ver escavando as paredes. Depois, pediam para explorar o espaço desvendado. Nem sempre eu os deixava se intrometerem nas minhas atividades. A escavação tinha um valor inestimável para mim. Era como se estivesse buscando a origem materializada do mundo.

Eu até poderia me aprimorar na arte do grafite e permanecer mais integrada com aqueles artistas de rua. Seguia acreditando na relevância das mensagens em blocos de concreto, mas eu gostava do meu anonimato. Sabia que eu nunca seria artista de categoria alguma. Eles me chamavam de *toy*, pois eu era a mais inexperiente de todos. Sabia de antemão que nunca seria *king*, tal como era chamado o melhor artista deles. Mesmo não sendo tão habilidosa assim, eu me dava a liberdade de me considerar uma espécie de *writer*, uma escritora de grafite como eles, afinal eu participava de criações ao estilo *hall of fame*. Fazíamos uma única e extensa pintura. Grafite feito com esmero pelas nossas mãos. O alvo estava pronto. Eu gostava de usar o estêncil para aplicar frases em quaisquer ilustrações. Infelizmente não consigo reproduzir as imagens nestas páginas, mas não acredito que seja difícil imaginar como esses enunciados ficam dispostos em blocos de concreto. Deus, o que se pode dizer sobre a cidade de Vitória?

OS OLHOS DA METRÓPOLE MIRAM ALVOS DE CARNE E OSSO ●

Justificar sempre o que faço provoca em mim uma revolta muito grande. Todos querem questionar aquilo que pensamos, todos procuram nossas falhas para poderem nos julgar e todos mentem irrefletidamente. Há sempre alguém disposto a descortinar uma dura e dolorida verdade por trás de uma mentira que talvez não exista. Não há ninguém nesse mundo de Deus que não nos veja como o alvo de qualquer um. Eu não devo nada para ninguém. *Jeder ist sein Glückes Schmied!* Professor Johann gostava de dizer esse ditado para mim. Nunca mais o esqueci.

Quando me deito na cama, coloco minhas mãos por baixo da cabeça, mantendo os dedos entrelaçados. Nesse instante, antes de adormecer, penso naqueles irmãos gêmeos que têm inclusive o mesmo nome. Eles tratam de acontecimentos que dizem respeito à vivência de cada um. Talvez estejam expondo duas versões de uma mesma história. Não sei. Cabe a mim julgá-las como verdadeiras ou falsas? Será que é isso que está em jogo? *Ach Gott!* Todos vocês já estão cientes de que um deles retornou de uma grande viagem e que o outro esteve recluso durante vinte anos. Quanto a mim, Molly, repito, sem a menor sombra de dúvida: continuo sendo órfã de mãe e pai e, por conta do acaso, faço grafites em locais públicos. Quem me dera saber mentir. Por mais que eu tenha o pleno domínio sobre os relatos desses sujeitos, faço um esforço desumano para expor tudo o que sei sobre eles de maneira o mais imparcial possível.

Escrever a respeito de mim mesma também é uma tarefa bastante desconcertante e solitária. É como se eu estivesse estendendo a mão para alguém que não tem nenhuma obrigação de corresponder ao meu apelo. Apesar de toda essa incerteza, eu fico com a mão aberta na esperança, quem sabe, de aguardar a repentina ocasião em que vai surgir outra mão querendo segurar a minha. Quem sabe até mesmo Deus queira agarrá-la um dia. Em algum momento, será Deus quem deverá se redimir de sua escandalosa ausência em relação a mim.

Eu ainda sou jovem demais para deixar de aproveitar tantas oportunidades que aparecem enquanto faço o meu caminho. Estar inteiramente consciente de que não deveria jamais ser submissa a ninguém reforçava o fato de que não devo desperdiçar a vida com aquilo que os outros gostariam de fazer comigo. Por mais que eu tenha pulsos firmes para guiar o meu destino, qualquer imprevisto seria capaz de me provocar uma queda, um tombo, um acidente. Eu corro o risco de me tornar, fatalmente, uma moça perfeita para o lar de um noivo saudável, forte, bem-sucedido na profissão e invejado por seus colegas. Que bela e ótima serviçal das excentricidades masculinas eu seria! Um corpo que deve se encaixar em tristes padrões de beleza, uma funcionária obediente e eficaz com as tarefas delegadas por patrões de nádegas gigantescas, acomodadas preguiçosamente em uma pomposa cadeira de escritório que fede a flatulência. Deus que me livre dessas criaturas! Eu quero ver o mundo!

Lembro de ter reparado, certa vez, que a imagem da asa de um pássaro estava colada em um muro gigantesco. Uma colagem incompleta. Havia algo de vazio naquele espaço insólito. Ali caberia muito bem alguma mensagem. Eu já tinha um pouco mais de habilidade com as tintas, com o *spray*. A muralha me deixava intrigada. Batia muito sol naquele imenso e desbotado bloco de concreto. Pensei em letras contornadas com tinta preta. Um matiz mais claro, quem sabe. Suor. Linhas encurvadas. Ficava cada vez mais cansativo elaborar aquela moldura. Tons de cinza? Não. Voltei ao muro. Comecei a grafitar em torno daquela figura. Para medir o espaço, calculava a extensão do tamanho da asa. Estava pronto o grafite. Nesse momento, senti náusea e pavor. Arregalei os olhos. Estava de boca escancarada, perplexa. Sentia muita sede.

Ver o mundo a minha frente era constatar toda a catástrofe que, de alguma maneira, determinava o ritmo insano da vida de milhares de sujeitos condicionados ao que pode lhes reservar o futuro, famintos pelo progresso, solucionando crises existenciais e dívidas bancárias com aplicativos digitais. Prestei atenção no barulho dos carros, nas pessoas gritando xingamentos. Também notava que funcionários em outros edifícios trabalhavam silenciosamente em seus escritórios. O futuro é uma calamidade em nosso tempo, engolindo o passado e o presente. Nada importa tanto quanto aquilo que é prometido para o dia de amanhã. Devemos esquecer o que se passou ontem e o que está havendo hoje. É isso que a metrópole está querendo nos ensinar. Eu não era nenhuma divindade dotada de clarividência para fazer tantas digressões naquele momento. Eu não era nenhum anjo capaz de avaliar a história de uma localidade tão urbanizada e cheia de fuligem escura e gordurosa como é o centro de Vitória. *Um Gottes willen!*

Ao transitar a pé pelas ruas do centro, identifico muito bem quem são as pessoas que, em sua evidente e expressiva maioria, realmente praticam, produzem, implementam, forjam, efetivam, desempenham, executam, elaboram, calculam, fabricam, confeccionam e se colocam a parir a máquina que funciona rotineiramente para orientar nossa existência. A garçonete passa um pano por cima do balcão e pega os pedidos de seus clientes, enquanto uma costureira faz reparos em centenas de roupas em uma loja ao lado. Mais adiante, uma cozinheira organiza o *buffet* de um restaurante e, na mesma calçada, uma menina limpa o vidro de uma vitrine da loja de eletrodomésticos. Do outro lado da calçada, uma senhora vende doces em uma quitanda e, na esquina de uma grande avenida, uma atendente de posto de gasolina abastece carros. Com o semáforo de sinal fechado, uma motorista aguarda a mudança de cor da sinalização para poder seguir adiante. Em seguida, ouço a voz de uma secretária executiva que falava ao celular atrás de mim, determinando algumas tarefas aos seus empregados. De repente, ela atravessa na minha frente, com pressa, carregando uma pasta abarrotada de documentos, e entra em um carro com um motorista que já a aguardava.

Perguntava-me em silêncio qual era o meu papel na vida. O que os homens estão fazendo enquanto estamos trabalhando com o mínimo de dignidade possível para nos mantermos financeiramente e sobreviver? No sebo onde trabalho, lido com livros usados e novos, mas quem determina o andamento da loja é o meu patrão. Nada tinha contra ele, pois não era um homem de má índole. Não demonstrava ser machista. No entanto, vivia muito engasgada com as situações pelas quais algumas mulheres passavam. Eu não queria apenas vender livros e me conformar com isso.

Fazer grafite pelos muros e paredes afora ainda era um pouco inusitado. A sensação estranha talvez tenha relação com as lembranças de minha vida no orfanato. Eu memorizei tantas orações em latim enquanto morava nesse lugar, que me acolheu desde recém-nascida, que atualmente muitos trechos e até mesmo versos inteiros de alguns cânticos me vêm à mente. Ao grafitar naquele muro empalidecido pela validade vencida da pintura, surgiam em meus pensamentos palavras que antecediam o início das orações: *Per signum crucis de inimicis nostris libera nos, Deus noster. In nomine Patris, et Filii, et Spiritus Sancti. Amen.* Rezava todos os dias, desde tão pequena. Estudava dois idiomas além do português. Faço até hoje o sinal da cruz quando passo em frente de uma igreja.

Entendia Deus a minha maneira e, aos poucos, comecei a perceber o mundo de uma forma bastante diferente. Outras leituras sobre a humanidade me despertavam impressões muito variadas sobre a vida. Isso não quer dizer que eu esteja desprezando tudo o que eu aprendi no orfanato, só estou dizendo que pude lançar outros olhares a respeito da sociedade sem precisar recorrer ao filtro cristão.

Depois que me tornei uma pessoa independente, repensei muitos ensinamentos, a ponto de me livrar de muitos deles, mas concordando com alguns. Assim, fui me ajustando com a minha realidade, mesmo que fagulhas religiosas da mais inocente juventude me reapareçam e se misturem com uma nova maneira de pensar que norteia a minha conduta de mulher adulta. Não me referia a todas as mulheres. Isso dizia respeito a mim mesma. Era eu, aquela que se espantava com a realidade, com o cotidiano de pessoas entorpecidas de remédios e submersas na poluição visual de *outdoors* que incentivavam a compra e o consumo de produtos artificiais e enganosos. Meu Deus, como posso criticar o que as pessoas fazem com o dinheiro? Todos os dias saio para trabalhar e só consigo sobreviver em Vitória por ter um salário. Meus gastos são pagos por mim. As despesas que tenho são perenes, pois, enquanto estiver viva, terei sempre contas para pagar. Viver tem um preço. Pago o preço de existir. Ninguém escapa. Não tem como fugir. Com o dinheiro em mãos, não sou aquela pessoa que vai escolher aquilo que for mais caro. *Ach Gott!* Pouco me importa qual mercadoria adquiro nos supermercados e nas farmácias, mas lembro sempre de poupar, de economizar e optar por aquilo que é mais barato. Sempre que sobram algumas moedas, faço questão de deixá-las nas mãos de pedintes que ficam à porta dos estabelecimentos para que as pessoas se lembrem da existência deles. Eles também precisam se alimentar e ficam à espera deste ou daquele pacote de arroz ou feijão.

Eis a minha sina: fazer grafites em paredes sem memória e em muros corrosivos da cidade. E se algum dia tudo isso tivesse um fim? A mensagem grafitada ficou visível a todos. Um poema anônimo na placa de papel parafinado, contornando o formato da asa de um pássaro. Não tenho certeza, mas já tinha visto os versos em algum lugar da cidade. Não lembro onde. Sentia um embrulho no estômago toda vez que começava a transcrever frases através do estêncil. A sensação piorava quando tinha de fixá-los em espaços públicos. Para não perder o controle daquilo que fazia, forçava-me a rezar. Eu não desejava fazer nenhuma oração nessas ocasiões, mas era o que me trazia um pouco de tranquilidade enquanto ficava suspensa no ar para trabalhar com o estêncil. *Gloria Patri, et Filio, et Spiritui Sancto. Sicut erat in principio, et nunc, et semper, et in saecula saeculorum. Amen.*

"Fama", "honra máxima", "esplendor", "alegria", "bem-aventurança". Esses são os sentidos da palavra glória. Eu sabia invocar outros cânticos, rezar outras orações, confessar outros pecados, mas desconfiava desde sempre que algo a mais do que isso estava ao meu dispor. Na parede velha do edifício arruinado, que morria aos poucos com o furor dos investimentos imobiliários do centro urbano da capital capixaba, fixei o estêncil. Mais uma vez, preciso convocar a imaginação para que eu mesma consiga visualizar aquelas palavras que se apoiam nas asas de um pássaro. Uma tarefa nada fácil. *Gloria Patri, et Filio, et Spiritui Sancto. Sicut erat in principio, et nunc, et semper, et in saecula saeculorum. Amen.* Sonhar. *Gloria Patri, et Filio, et Spiritui Sancto. Sicut erat in principio, et nunc, et semper, et in saecula saeculorum. Amen.* Espalhei a tinta. *Gloria Patri, et Filio, et Spiritui Sancto. Sicut erat in principio, et nunc, et semper, et in saecula saeculorum. Amen.* Voar. *Gloria Patri, et Filio, et Spiritui Sancto. Sicut erat in principio, et nunc, et semper, et in saecula saeculorum. Amen.* Que todos vejam este recado:

————————TER
————————VOZ
——————DE
——————QUEM
——————VOA
——————LONGE
——————SONHAR
——————É
—————UM
————VOO
————SEM
——MEDO
▼

Sonho significa *Traum*. Enquanto ressurgiam os cânticos e as rezas em latim na minha memória, lembrava também dos ensinamentos memoráveis que tive ao aprender alemão com aquele senhor enérgico e insuportavelmente metódico. Quando o professor Johann chegava ao orfanato para dar a sua aula particular, eu sempre lhe mostrava os deveres feitos, solicitados por ele nos encontros anteriores. Também aproveitava o início das aulas para esclarecer as minhas dúvidas. Uma delas era a respeito desta palavra em questão: sonho. Perguntei-lhe se *Traum* tinha relação com "trauma", escrita e dita em português. O senhor, de cabelos grisalhos, semblante seríssimo, sisudo e muito intolerante comigo explicou-me que o termo em alemão é oriundo da língua germânica na fase mais antiga possível desse idioma: *Troum* transformou-se em *Traum* ou, melhor dizendo, *der Traum*, palavra masculina, uma vez que eram três os gêneros indicados por artigos em alemão: *die* era feminino e *das* era neutro. *Der*, *die*, *das*. No entanto, "trauma" não derivava do alemão, era palavra advinda do grego, significando "ferida", "desastre", "derrota". *Vergiss nicht, Marion! Das ist sehr wichtig, meine Lieblinge!*, dizia meu *Lehrer*. Jamais esqueci, pois sabia que isso era importante. Depois de tantos anos dedicados aos estudos e à devoção religiosa, a minha vida transformou-se em sonho? Não me sinto na obrigação de procurar respostas. Creio que não preciso encontrar uma explicação para o dilema. Desobrigar-me de procurar porquês acerca de tantos aprendizados e experiências vividas por uma mulher ainda jovem como eu é justamente compreender o que não tem entendimento. Desde quando existe uma razão para vivermos isto ou aquilo para termos vontade de passar por esta ou por aquela rua, provar este ou aquele tempero? O que muda em meu destino se eu virar a chave para este ou aquele lado?

Não demoraram muito para me ensinarem que, quando estivéssemos em apuros, não importando muito se as atribulações eram brandas ou complicadas, deveríamos segurar nas mãos de Deus para que pudéssemos nos sustentar e ir adiante na vida. Esse provérbio, tão popular nas bocas de crédulos, e também nas de outros até mesmo mais céticos, sempre me deixou perplexa. Por que nunca eram visíveis essas mãos? Como podem minhas mãos serem conduzidas por outras que só existem porque simplesmente basta acreditarmos que elas estão nos carregando? As freiras me davam sermões intermináveis sobre esse fenômeno. Entendia que Deus estava presente o tempo inteiro na vida das pessoas. No entanto, eu mesma não parava de buscar uma compreensão mais palpável para essa presença intocável, invisível, inalcançável. Eu rezava todos os meus dias e, às vezes, quando ficava triste, deitava-me na cama e chorava escondido com o rosto sufocado no travesseiro. No orfanato, eu vivia de mãos dadas com Deus, estava protegida, alheia a qualquer perigo. Quando fui crescendo, percebi que não havia toda essa segurança.

Depois de certo tempo, notei que as minhas mãos sempre estiveram vazias. Apesar do desamparo, pensar no futuro me deixava entusiasmada. Gostava de ficar olhando sempre para fora da janela do meu quarto. As freiras ficavam preocupadas, conversavam comigo por notarem que eu parecia estar tão alheia à rotina do orfanato ou com os pensamentos longe de onde estava. Para não as deixar alarmadas com o fato de eu simplesmente passar horas e horas olhando da janela a paisagem urbana e o céu, disse-lhes que ficassem em paz, pois contemplar o horizonte era uma forma de buscar conexão com Deus, cujas mãos nunca tocaram as minhas. De repente, uma pomba de penas brancas pousou na janela, permanecendo imóvel por alguns instantes. *Ach Gott!* Que aparição mais repentina! Aquele pássaro, serenamente pousado, ao alcance dos meus olhos, desfrutando de um fugaz momento de descanso. Em seguida, bateu suas asas e seguiu voando pelos céus. Sabe-se lá para onde. Se eu tivesse asas como esse pássaro, saberia escolher um rumo certo para seguir adiante na vida ou não teria a menor noção do que fazer com a liberdade de voar para qualquer lugar? Havia um mundo extenso me esperando.

III FRAGMENTO DE JANO

AQUELE QUE SE VIROU EM VITÓRIA

9
FORA DE CASA

Passei a trabalhar todos os dias da semana em um bar no centro de Vitória. Queria ficar o maior tempo possível fora de casa. Precisava evitar a convivência com a mãe. Não reclamei da carga horária. Havia milhares de pedidos. Vivia ensurdecido de tantas vozes gritando em meus ouvidos. Todas ao mesmo tempo. Pediam cerveja, porções de batatas fritas. Pediam de tudo. Alguém quebrou um copo. Um homem enraivecido queixou-se de um prato mal preparado. Uma turma de mulheres dividia a conta. Era um valor exorbitante. Outros chegavam para comer muito tarde. Em geral, jovens esfomeados. O dono desse estabelecimento berrava em meus ouvidos. Me lembrei dos tempos da oficina. Não deveria tomar nenhuma atitude precipitada. Repetir o erro seria inadmissível. Era melhor suportá-lo.

Nada de muito ruim aconteceu. Era um simples trabalho de garçom. Estava condicionado à monotonia de uma vida normal. A mãe aparecia de vez em quando na porta do porão. Perguntava se estava tudo bem. Conferia se eu realmente estava trabalhando tanto assim como dizia. Eu simplesmente confirmava, mostrava a carteira de trabalho e o uniforme. Ela olhava para tudo que eu mostrava, calada. Parecia aliviada, mas ainda ficava um pouco apreensiva. Um grande silêncio se instaurava depois que ela subia para a casa. De repente, músicas da vitrola começam a ecoar lá de dentro. Ela tinha algumas pilhas de velhos discos de vinil. Ela vivia presa em um eterno *flashback*. Também resolvi resgatar meus discos de vinil. Não ouvíamos as mesmas canções. Eu não sabia mais onde ela havia colocado meus LPs. Decidi procurar. Notei que estavam guardados no canto da sala de estar. Um armário cheio de cupim e traças. As capas já estavam deterioradas. Os vinis, arranhados. Imprestáveis. Desisti de resgatá-los. Descartei todos no lixo.

Certo dia saí para comprar um aparelho de som mais moderno. Talvez encontrasse também outros discos. Não sabia se isso poderia valer a pena. Ninguém mais comprava esses produtos. Acabei comprando um computador. Diziam que eu poderia ouvir quantas músicas eu quisesse. Eu mal sabia utilizá-lo. Essa tecnologia não era tão acessível para mim enquanto estive preso. Não custava nada tentar. Resolvi enfrentar minhas limitações. Investir no aparelho. Não deveria deixar para outra ocasião. Tinha tempo de sobra para aprender. Estava tudo ao meu alcance. Era uma lástima não poder ouvir discos. Era preciso contratar o acesso à internet. Uma tarefa problemática. A mãe criaria empecilhos. Impossível colocar esse recurso dentro daquela casa. Refleti muito. Decidi solicitar a instalação. Sem lhe avisar. Agendei para o primeiro horário da manhã. Ela costuma dormir até o meio-dia. Estaria ausente durante o serviço. Pedi que fossem silenciosos. Havia uma senhora dormindo no quarto. A internet foi instalada. O ponto de acesso ficava no meu quarto de porão. Comecei a usar o computador. Verifiquei notícias. Descobria novidades. Ouvi algumas músicas. Aumentei um pouco o volume. A mãe percebeu o ruído. Não demorou muito para que fosse importunado. Outra vez aquela presença controladora. Ela abriu a porta do meu quarto. Puxou com força os cabos elétricos. Estava fora de si. Me perguntou quem tinha dado autorização para instalar aquilo. Quis saber por que eu ouvia músicas em volume alto. Disse a ela que eu era livre para ouvir o que quisesse. Nada me impedia. Ela fazia o mesmo com aquela vitrola antiquada, rodando discos arranhados e cafonas. Tinha de haver um jeito de eu me livrar daquele incômodo. Por sorte, ela não estragou o que foi instalado. Fiquei reparando naquele acesso de raiva. Agi como quem observa um vexame acontecendo. Fingi que nada estava ocorrendo. Ignorei a situação vergonhosa.

Ela não queria que eu lhe dirigisse a palavra. Aos seus olhos, eu devia ser um marginal. Alguém que ela não tinha mais coragem de expulsar de casa. Sem disposição até mesmo de chamar a polícia. Me chamava de ingrato a todo instante. Mas eu não queria deixar de fazer o que tivesse vontade. Não suportava a ideia de proibição. Ela não tinha o direito de causar esse constrangimento. Tudo era uma ameaça para ela. Um filho assassino. Seria melhor eu desaparecer. Vinte anos se passaram. Tempo irrelevante. Eu continuava sendo visto da mesma maneira. Por mais que já tivesse mudado. Por mais que minhas atitudes fossem outras. Um dia eu iria embora daquela casa. A mãe não teria mais notícias minhas. Ela não morreria de remorsos por isso. Eu não também choraria em seu velório.

Nenhum de nós respondia à pergunta alguma. Havia um vácuo. Um abismo em nossa convivência. A mãe emudeceu para sempre. Enchia os olhos de lágrimas. Me deu um tapa no rosto. Empurrei a mãe para fora do meu quarto de porão. Bati a porta com força. Arrumei os cabos. Aumentei o volume da música.

Após o incidente e a falta contínua de diálogo, segui ouvindo mais músicas. Depois de uns cinquenta minutos, resolvi descansar. Nos finais de tarde eu começava o meu expediente no bar. Pegava o metrô lotado de gente. Um trânsito infernal. Eu acompanhava todo o fluxo congestionado. Era assim todos os dias. Quando chegava ao trabalho, trajava rapidamente o meu uniforme. Não havia muito tempo. O patrão gostava de dar broncas. Fechava o rosto quando alguém chegava atrasado.

Em certa noite, ocorreu um apagão na cidade. Os clientes ficaram nervosos na penumbra. Surpresos com a escuridão repentina. O local tinha um gerador de energia. A luz foi reestabelecida logo em seguida. Alguns sujeitos me reconheceram ali de outros tempos. Eram três homens muito velhos. Um deles usava um terno cinza. Os outros dois estavam mais despojados. Deviam ser funcionários de algum órgão público. Ficaram me olhando por muito tempo. Sentaram-se em uma mesa. Quiseram ser atendidos por outro garçom. Pediram café expresso. Comeram generosas fatias de torta de chocolate. Cruzava pelo salão para ir até as mesas dos clientes. Eles me analisavam. Lembraram de algo relacionado ao meu passado. O gerente deu esclarecimentos a eles. Eu era o homicida do martelo. Lembraram do assassinato na oficina mecânica. Fui em direção ao meu chefe. Constrangido com minhas perguntas, acabou não dizendo nada. Não quis me contar o que tinha conversado com aqueles velhos. A cisma permanecia. Tinha de lidar com a dúvida. Acredito que já sabiam quem eu era. Fui em direção a mesa deles. Disse todos os desaforos possíveis. Eles não entenderam nada. No final do expediente, fui chamado por meu patrão. Aquela foi a minha última noite como garçom.

Estava desempregado. Saí do bar resignado com a situação. No dia seguinte deveria me encontrar com você. Você sempre foi aquele irmão distante. Guardado nas lembranças de uma infância muito inocente. A minha ficha não é limpa. Só pensava na dificuldade que havia para encontrar outra ocupação. Não sabia aonde mais poderia ir. Ainda tinha de ver você no outro dia. À noite.

Aceitei as consequências. Comecei a perambular. Chamei um táxi no centro da cidade. O taxista percebeu que eu estava apreensivo. Não deveria voltar para casa. Não queria discutir com a mãe. Precisava manter a distância. Era obrigado a morar naquela casa. Eram ruins as minhas condições. O motorista passou pela região do Parque Moscoso. Ele não quis ser invasivo, mas me sugeriu distrações. Havia mulheres e travestis seminuas que circulavam por lá. Não tinha nada a perder. Aceitei a sugestão. Ele chamou uma moça. Fomos para um motel. Gastei parte de meu último salário com aquela mulher. Passei a noite nesse lugar. A moça se chamava Bete. Não sei se era nome verdadeiro. Tinha olhos castanhos, pintados. Usava batom rosa. Lábios carnudos. Cabelos castanhos. O ponto era naquele parque. Disse que gostava de variar de local. Estava de vestido vermelho, muito decotado. Permanecemos juntos até o raiar do dia. Durante a noite, ela tentou me oferecer bebidas diferentes. Eu negava e prestava atenção em meu copo. Tudo era possível. Usei preservativo. Não era mais um garoto. Mal o sol surgiu no horizonte, eu já estava prestes a ir embora. Bete me segurou pela mão. Agradeceu pela noite ao meu lado. Paguei pelo atendimento. Ela reclamou da quantia paga. Queria mais. Exigiu que eu pagasse três vezes mais. Falei que não tínhamos combinado isso. Ela puxa uma navalha de sua bolsa. Fiquei imobilizado com a lâmina rente em meu pescoço. Pedi que ela tivesse paciência. Eu não iria lhe agredir, nem fugir. Dei a ela o valor que me cobrou. Nunca mais faria uma aventura dessas. Deveria ter voltado para casa. Mesmo sendo vigiado pela mãe. Era a decisão mais sensata. O porão da casa era um espaço exclusivamente meu.

Saí do motel com a cabeça dormente. Recobrei os sentidos aos poucos. Lembrei que estava desempregado. Caminhei a passos lentos pela rua. Era nessa região que iria encontrar você. Um irmão idêntico a mim. Não voltei para casa. Não queria retornar. Me sentia acolhido no meio da multidão. Todos com muita pressa. Semblantes sisudos. Responsáveis. Pessoas andavam solitárias. Pastas e bolsas abarrotadas de documentos. Trajes sociais. Estudantes com mochilas nas costas. Observei a massa de gente ocupada. Serviços garantidos. Todos pareciam iguais. Em todas as ruas da cidade. Naquele horário da manhã. Havia camelôs vendendo diversos produtos. Eu não sabia por onde começar a procurar um trabalho.

Precisava urgentemente de um emprego. Queria juntar dinheiro. Alugar um quarto de pensão. Eu estava muito debilitado. Parei em uma lanchonete para tomar um café bem forte. Fui até uma banca de revistas. Comprei um jornal. Conferi a seção de classificados. Vaga de ajudante de mestre de obras. Eu sabia lidar com materiais de construção. Durante o tempo na prisão, fiz alguns cursos. Aprendi a fazer outras tarefas. Habilidades manuais. Fui em direção ao endereço indicado no anúncio. Me apresentei imediatamente ao responsável pela construção de um prédio. Era um senhor de estatura baixa, obeso e com a testa brilhando de tanta oleosidade. Me prometeu o emprego, mas ainda iria entrevistar mais candidatos. Reforcei o meu pedido. Tentei deixar uma boa impressão. Apertei a sua mão. Segui o meu caminho. Eu ainda precisava procurar por um outro endereço naquelas imediações. Do outro lado da rua, alguém me chama gritando. Quando vejo quem era, não me surpreendi com a pessoa. Era Bete. A rua era o seu local de trabalho. Ela riu de mim. Debochava por eu estar ali. Pensou que eu estava lá por causa dela. Me pediu para prestar bem a atenção. Disse com todas as letras que o seu trabalho era aquele. Seria um erro muito grande me apaixonar por alguém como ela. Fui logo explicando que não estava lá por sua causa. Foi coincidência. Tinha ido fazer uma entrevista de emprego. Era isso. Eu poderia continuar a seguir o meu caminho sozinho.

Ela não esperava sinceridade de mim. Desculpou-se. Não era a sua intenção me perturbar. Sabia que tinha dormido mal. Eu estava indisposto. Ela disse que poderia tirar um cochilo em seu quarto. Recuperar o ânimo. Ela não atendia ninguém lá. Era perto. Eu lhe disse durante a madrugada que minha casa era um caos. Era um convite inusitado. O problema é que nada me garantia de não aparecer depois com o meu pescoço todo cortado por uma navalha. Poderia roubar o pouco dinheiro que sobrou na carteira.

Senti uma tontura muito forte. A visão escureceu de imediato. Bete me segura pelo braço. Me leva pela calçada em ziguezague. Eu não precisava me preocupar. Ela estava ali. Entrei em uma quitinete. Um conjugado bastante apertado. Tudo muito limpo e arejado. Bete me joga sobre a cama dela. Diz para eu dormir até a hora que eu quisesse. Fiquei com os olhos semiabertos. Ela se deitou em um sofá-cama no outro lado do cômodo. Ligou a televisão. Volume extremamente baixo. Adormeceu em seguida.

Anoiteceu depressa. Fiquei assustado. As horas voaram. Bete tinha um relógio pendurado na parede. Conferi o meu relógio de pulso. Notei que a hora estava atrasada. Ela já não estava mais deitada. A televisão desligada. Um rádio tocando músicas. Cheiro de tempero. Preparava um macarrão com molho de tomate. Me convidou para jantar.

Durante a janta, disse que eu não era homem de sair com mulheres como ela. Respondi que não estava a par dessa realidade.

Enquanto estive confinado, apareciam algumas meninas para aliviar a nossa tensão. Bete conta uma história que ela tinha ouvido falar. Era sobre uma prostituta da região do Parque Moscoso. Ela dividia a cidade em três seções. "Pescoço" era a zona da clientela mais rica. "Barriga" era ali daquela região onde a conheci. "Cu", aquela da Vila Rubim. Quem lhe contou isso já tinha morrido. Me perguntou o que eu fazia da vida. Disse que tinha saído da prisão. Acredito que tenha achado assustador. Surpreendentemente não. Eu não tinha noção de quantos homens ela já atendeu. Homens de tudo que é tipo. De marginais a maridos exemplares. Cafajestes. Bons moços. Pervertidos. Virgens. Conhecia os homens muito bem. Quis saber o que fiz para ser preso.

Matei um sujeito. Era muito jovem. Ele era meu chefe. Jurei que não tive a intenção de matar. Estava drogado. Ele me provocava bastante. Não era uma relação normal. Foi em uma oficina mecânica. Não tive como fugir daquela tragédia. Vinte anos de reclusão. Não saberia dizer como eu me sentia depois de tudo isso. Fiquei em silêncio. Ela insistiu em perguntar como eu me sentia. Não sabia o que dizer. Vinte anos trancafiado. Eu era a escória da sociedade. Era difícil expressar a experiência do confinamento. Uma mulher que mal me conhece não entenderia. Terminamos de comer o macarrão. Alguém bate à porta. Era Kim. Travesti colombiana. Falava poucas palavras em português. Pediu para entrar rapidamente. Sua família a expulsou de casa. Não quiseram lhe aceitar. Seu pai a jurou de morte. Ela jamais poderia aparecer na frente dele. Kim morava muito perto. Ela precisava de água. Cortaram o fornecimento. Era tudo precário. Bete prontamente lhe deu duas garrafas de água. Ofereceu também o banheiro para tomar banho. Eram colegas na vida noturna. Faziam tudo o que os homens pudessem querer. Era assim. Eu precisava sair logo, tinha um compromisso. A mãe já devia ter notado que dormi fora de casa. Poderia chamar a polícia. Eu tinha desaparecido. Me despedi.

Na rua presencio um assalto. Me intrigava muito ver o sujeito acuado na escuridão. Pensei em me afastar. Era covardia não fazer nada. Eu estava acostumado com isso. Já havia presenciado muitas rebeliões. Testemunhei cenas macabras. Aquele homem sendo roubado na penumbra. Fui em direção ao assaltante. Puxei-o pela gola da camisa. Joguei-o no chão. A luz da lua refletia em seu rosto. Eu o conhecia muito bem. Trabalhamos juntos na oficina mecânica. Ele serviu de testemunha para que pudessem me incriminar. Estava bem esquentado. Me reconheceu. Me empurrou para trás e fugiu. Não conseguia entender o que eu estava fazendo. Não era possível eu estar envolvido nessa situação. Foi algo que me fez recordar de um incidente ocorrido na infância.

Fui criado em um lugar onde as crianças brincavam com aquilo que davam para elas. Ninguém tinha muitos brinquedos. Qualquer coisa servia para distrair. O resto era por conta da imaginação. Nos finais de semana a gente ficava até o entardecer brincando na frente de nossas casas. O pai que me criou vigiava a gente. Brincava com alguns carrinhos. Quando me entediava, pedalava de bicicleta por toda a rua. Dava a volta na quadra. Certa vez, me deparei com um assalto. Um homem com o rosto coberto. De costas para mim. Apontava um revólver em direção a um desconhecido. Queria a sua carteira. O rapaz lhe pediu que não atirasse. Desesperado de medo. Procurou a carteira na mochila. O assaltante desconfiou. Deu-lhe um tiro a queima roupa. Tão de repente e inesperado. Coloquei um dos pés no chão. Me equilibrei com a bicicleta parada. Presenciei o primeiro homicídio da minha vida. O assaltante não tinha me visto ainda. O pedal da bicicleta rangeu alto. Engoli a saliva. Tremi de pavor. O homem se aproximou de mim. Com a arma na mão. Ouço gritos de moradores da minha rua. Havia outras crianças fora de casa naquele momento. Os olhos de morte daquele indivíduo. Olhava para ele com muito medo. Chorava de agonia. A ponto de urinar nas calças. O homem notou a minha reação. Ele berra em meus ouvidos para eu ir embora dali. Não tive coordenação para ir pedalando. Atirei a bicicleta no chão. Saí correndo. A mãe quase me bateu. Não era para brincar além da nossa rua.

Estava indo ao encontro de você. O lugar onde a gente combinou de se ver é muito violento. Estava acontecendo algo estranho no meio do caminho. Já tinha ouvido o som da sirene da polícia. Três homens discutiam. Eu estava me aproximando deles. Foi um dia inteiro de ira e tensão. Os clientes do bar. A mãe controlando os meus passos. A prostituta com a navalha no meu pescoço. A cena de um crime hediondo. Eu não era mais nenhuma criança. A mira inabalável de um revólver. Um homem prestes a atirar. Foi assim que encontrei você. Impedi que tomasse uma atitude precipitada. Tomei a arma da sua mão. Um disparo luminoso corta o céu escuro. Fugimos em direção ao hotel onde você se hospedou. Temos o mesmo nome.

IV FRAGMENTO DE JANO

AQUELE QUE VIU O IRMÃO CAPIXABA

10
FOSTE TU O ESCOLHIDO

Contigo ao meu lado, passei por um de meus piores momentos naquele quarto de hotel, Jano. Nós corremos imenso. Minhas pernas ficaram trêmulas. Tu percebeste também que eu fiquei ofegante e com falta de ar. Tu não sabes de minha doença. Talvez saibas disso quando puderes ler-me. Lamento por não ter contado nada durante a ocasião em que nos encontramos. O mais importante era finalmente descobrir onde poderíamos encontrar a nossa mãe. Tu deverias saber onde ela estava, visto que ela retornou ao Brasil contigo em seu colo. Foste tu o escolhido para viver junto com ela. Um dia o nosso fabuloso pai recebeu um telefonema. Nessa ligação ela teve a decência de dizer onde tu estavas. Deixou o endereço e desligou para sempre. Tu não conheces nosso querido pai. Ele demorou muitos anos para dar informações tuas. É por isso que pudemos nos reencontrar, apesar de não teres a menor noção de quem eu era. Eu não sei se Cassandra, nossa mãe, avisou-lhe que eu era teu irmão. Não me surpreende também que tenhas acreditado, sem pestanejar, na versão fornecida por mim. Enviei-te uma foto minha e aposto que a aceitação foi imediata. Não existem outras pessoas idênticas no mundo além de mim e ti.

Não consigo entender como podemos ser tão semelhantes e, ao mesmo tempo, totalmente diferentes. Terá sido a extensão abissal do imponente Atlântico que se interpõe entre nós o fator decisivo de nossa divergência? Fico a pensar em tudo que vivemos de maneira isolada um do outro. O mais agravante de toda a história que não aconteceu entre nós é que há não apenas obstáculos marítimos, como também existe uma lacuna na atmosfera que nos impediu qualquer aproximação. Eu escrevo para um estranho e és tu essa pessoa desconhecida, Jano, para a qual tento estabelecer alguma comunicação que talvez seja minimamente possível. Quando percebi que era tempo de romper com o mistério, resolvi fazer um caríssimo telefonema para falar contigo, tal como fizera a nossa mãe para informar o endereço dela no Espírito Santo. Tu foste chamado para falar ao telefone. Gaguejavas imenso. Utilizaste poucas palavras. Uma palavra. Quem sabe duas ou três palavras. Nada mais. Avisei-te que estava prestes a entrar em um avião e desembarcar no Brasil. Com muito esforço, pude convencer-te a procurar-me. Perguntei se tinhas recebido as minhas fotografias e disseste que sim, ainda que hesitante. Eram notícias do futuro. O outro motivo forte que deve ter sido decisivo para que pudesses aceitar o encontro foi eu ter dito o nome de uma pessoa extremamente intrigante para nós dois: Cassandra.

Tu mal abres a tua boca para falar. Notei que tens algumas limitações, o que provavelmente explica tua necessidade de escrever. Jano, infelizmente não sei o que fizeram contigo. A primeira pergunta que tu fizeste quando nos encontramos foi a respeito do teu verdadeiro pai. Querias conhecer logo a casa que ficava em Regência Augusta. Ficaste nervoso. Devido às reviravoltas de tua vida, era difícil procurar compreender-me. Não pudeste dizer nenhuma informação sobre nossa mãe. Tive um mal súbito diante de ti. Recordo com vaguidão de estar a ouvir algo sobre o endereço desatualizado que eu tinha em mãos, mas tu sentias muita dificuldade para falar, e tudo ficou escuro em seguida. Tu chamaste o serviço de emergência médica. Demorou quase uma hora para eu ser socorrido. Eu não tinha condições de entender mais nada, mas lembro de que prometeste repetir tudo o que sabias sobre nossa mãe se eu mostrasse o endereço da moradia no vilarejo ao norte do Espírito Santo. Foi o que fiz, tu sabes bem disso. Tu vieste primeiro. Precisei ser internado em um hospital de Vitória.

Permaneci uns quinze dias acamado em um leito. Meu sangue já tinha virado água. Meu sistema imunológico estava deteriorado. Meus batimentos cardíacos continuavam a pulsar de uma forma descontrolada. O médico que me atendeu advertiu-me sobre o meu estado de saúde. Eu já estava conformado. Tu entendes agora a razão de eu estar cá, Jano? Tenho minutos preciosos de vida. Tu deves ter consciência de que a tua história tem outro lado, tuas origens vieram de outras terras, os tormentos são concretos, as angústias superam a calmaria do Tejo. Não podemos fazer nada a respeito. Sinto muito por aprofundar ainda mais o nosso trauma.

Jano, tu não sabes como é o futuro. Todos os dias as pessoas almejam novidades. Todos os dias elas pensam em mudar ou destruir tudo aquilo que demoraram décadas para construírem. Todos os dias elas desejam descartar o que já está velho porque não suportam mais conviver com algo que as acompanham há muitos anos. É isto o futuro: não ter vínculos amorosos com ninguém, não se privar de experiências perigosas na vida, não se conformar com uma rotina diária sempre monótona, não viver pelo resto dos dias acomodado dentro de uma casa vazia. Nenhum momento pode ser desperdiçado. O futuro é fugaz, e o que é fugaz desaparece logo. Embora não sobre tempo nem mesmo para chegar ao estado de putrefação, o porvir é um pesadelo desfigurado que ronda os nossos corpos como se estivesse a fornecer garantias de progresso e bem-estar. Eu sou este futuro, prezado irmão: maligno, adicto, insensível, indiferente, enfermo, escarnecedor e desditoso.

Tu deves não entender as minhas razões. Talvez seja estranho estarmos diante de um impasse que parece não se resolver nunca. Seria muito atrevimento perguntar quais foram os motivos de Cassandra ter-te preferido para fugir de uma vida angustiada em Lisboa? Eu gostaria de compreender que desejos orientaram a decisão tomada por ela, mas não sei se há alguma justificativa. Éramos crianças de colo, idênticas.

Eu tinha a certeza mais incontestável possível de que em Regência Augusta seria possível ter toda a paz do mundo. Custei para chegar nesse sítio. Antes de vir para cá, precisei consultar um mapa para saber localizar o povoado e conhecer as rodovias que me pudessem levar até esse lugarejo. Tu já sabes que, antes de eu vir encontrar contigo nesse paraíso, permaneci hospitalizado por muitos dias. Acreditei que a minha hora de partir estava a chegar, mas, quando acordei no leito do hospital, percebi que ainda permanecia no mesmo pesadelo de sempre. O presente que o amanhã reservava-me continuava guardado. Enquanto aquilo-que-vai--acontecer não tinha tomado providências de dar um sumiço de minha alma, precisava aproveitar o tempo que ainda restava para compreender toda esta história. Como é triste carregar uma cisma para o além-futuro.

Embora as chances de eu sair vivo dessa jornada insólita sejam muito incertas, estava preparado para enfrentar qualquer adversidade. Julgava-me pronto para lidar com situações extremas porque acredito que eu sei como me defender. Tinha consciência de que eu seria habilidoso o suficiente para escapar de situações embaraçosas como aquelas vividas em Lisboa. O melhor a se fazer quando estamos sob a mira de um revólver é manter-se calmo como quem tivesse o controle da situação. É preciso confiar em si mesmo e fiar-se nessa ideia. Articular pensamentos e raciocínios lógicos para poder reverter tal estado de vulnerabilidade é uma arte para poucos.

Quem está com uma arma na mão sente-se apto para cometer atos inconsequentes de forma imprevisível, mas aquele que utiliza a razão para controlar o contratempo de estar submetido ao explosivo gatilho de uma pistola tem um saldo maior de possibilidades de escapar ileso de uma desgraça. O importante é não demonstrar em momento algum que sentimos medo ou que estamos desconfortáveis e intimidados com o revólver apontado em nossa direção. O mundo funciona de maneira semelhante. Fingimos estar preparados para reagir de forma equilibrada em todas as situações. Disfarçamos ao dizer que nada é assustador. Escondemos o desespero. Ocultamos os cadáveres. É com um sorriso moderado e despretensioso no rosto que sentamos à beira do abismo para contemplar uma paisagem inexistente. Projetamos miragens para continuarmos a viver e a sonhar. Quando temos consciência de que a mistura de todas as colorações faz surgir a cor preta, vale considerarmos que há muitas cores que não se refletem nesse tom, mas todas elas estão presentes nele. As pessoas têm medo do escuro. Existem sujeitos que não dormem à noite. Ainda há mistérios nos espaços subterrâneos. Por dentro das urnas funerárias dos antigos egípcios encontram-se tesouros e amuletos. A cor da morte é perseverante como o futuro.

Quando fui liberado do hospital, com os sinais vitais um bocado estáveis, percebi que esqueceste de algo na mesa de cabeceira do quarto de hotel. A propósito, não pude notar que tu tinhas trazido o revólver daquele policial durante a nossa fuga. A camareira talvez não tenha visto a arma só porque havia livros e alguns objetos pessoais despejados por cima. Observei aquele revólver em cima da mesa de cabeceira por alguns minutos.

Eu lembrei de imediato de onde tinha surgido aquela pistola. Tudo isso despertava em mim recordações estranhas. Eu preciso ficar longe de armas de fogo. Elas orientavam o meu juízo. Ensinaram-me que é fascinante poder servir-se desse artifício. Não penses que eu já matei alguém, Jano. Talvez não tivesse tanta coragem para fazer isso. Na época em que aprendi a manejar uma arma eu também sentia um ódio bué perturbador de nossa mãe devido à ausência dela. Disseram para eu esquecê-la, mas eu sabia que um dia eu iria descobrir onde ela estava, assim como já tinha certeza de que o nosso reencontro aconteceria. Em minha cabeça, planejava matar-te para que Cassandra pudesse experimentar semelhantes sentimentos de vazio e abandono que cultivei durante anos. Eram tempos sombrios demais. Observei aquele revólver em cima da mesa de cabeceira por alguns minutos.

Jano, tu também desconheces que sinto um prazer imenso de usar revólver. Acertar o alvo com uma bala de chumbo é uma arte que requer de nós inteligência e precisão. Nosso tio, casado com uma mulher alentejana que ajudou a cuidar de mim, usava uma arma. Nosso estimado pai demonstrava indiferença em relação a esse hábito. Para ele, talvez não fizesse diferença alguma saber empunhar uma pistola ou não. Ele nunca demonstrou nenhum incômodo com isso. Por não haver restrições familiares quanto à prática dessa espécie de passatempo tão mortífero, fui encorajado desde pequeno a manejar armas. O tio sempre me dizia que era importante se defender dos perigos de uma cidade cheia de perigos como Lisboa. Então, aos quatorze anos, fomos passear em uma região distante da zona urbana onde morávamos. Avistamos um prado e foi nesse sítio que pude praticar tiros. Observei aquele revólver em cima da mesa de cabeceira por alguns minutos.

Chegamos em um local vazio, descampado, com pouca vegetação ao redor. Naquele espaço ermo e dominado pela natureza, ele coloca um pedregulho coberto de limo verde em cima de um tronco de árvore murcho, ressequido e de altura mediana. Estávamos cerca de vinte passos afastados do tronco. A partir desse instante, ele põe um revólver em minha mão e pede para eu mirar naquela pequena pedra. Incentiva-me a disparar uma bala na direção em que ela estava parada. Na primeira vez, errei a pontaria. Na segunda, também. Quando ia apontar para o objeto, pela terceira vez, aquele homem de cabelos grisalhos e rosto enrugado coloca-se atrás de mim e posiciona de maneira bastante precisa suas mãos rudes por cima das minhas. Ele diz para eu ajustar o olhar e manter os punhos firmes. "Dar tiros à toa é coisa de amadores, mas dominar a habilidade de mirar o alvo e acertá-lo de primeira é tarefa de grandes pistoleiros", assim me disse. Nunca mais esqueci disso. Respirei fundo, afinei a concentração e lancei um tiro certeiro naquele pedregulho. Foi assim que aprendi a atirar. Observei aquele revólver em cima da mesa de cabeceira por alguns minutos.

Foste tu o escolhido por Cassandra para viver com ela. Foste tu o escolhido por mim para que morresse. Era isso o que eu pensava naquela época. De maneira inacreditável, estava a relembrar dessa possibilidade. O facto de sermos irmãos impedia-me de realizar um ato tão macabro como esse. Tu és um homem muito estranho. Aonde foste? Há dias aguardo o teu retorno. Os dias têm sido bué maçantes cá.

Não sei até quando terei forças de esperar-te voltar, Jano. Ainda continuo com a respiração ofegante. Foi tão breve o nosso encontro. Tu não tiveste interesse de saber o que eu estava a sentir. Deves ter pensado que não seria nada grave. Certamente nem imaginas que fui adicto. Fico na iminência de ter uma recaída, mas estou sem fazer picas há tempos. Tu também tiveste as tuas experiências. Hoje estou cá, sem nenhum entorpecente, sem qualquer perspectiva, sem a menor possibilidade de voltar para Lisboa curado das pestes do fim do mundo. Suponho que nem sequer eu regresse para lá. O vício fazia-me não prestar atenção em mais nada. Usava seringas usadas quando já não havia nenhuma outra a minha disposição. Certa vez uma farmacêutica deu-me um pacote de seringas. Era uma fase de descriminalização de drogas em Portugal. Depois de alguns meses, comecei a sentir muita fadiga. Meu corpo arrastava-se pela cidade. Tinha febres durante o dia inteiro. Dores de garganta. Fui ao hospital para fazer exames, e o resultado não foi dos mais reconfortantes. A infecção por VIH estava disseminada há décadas. As medidas de prevenção ajudaram a diminuir os casos, mas eu não escapei do vírus. Em Vitória, o médico falou-me que o meu estado de saúde era delicado. Reparou até mesmo em meu sotaque. Expliquei a ele que tinha parentes no Espírito Santo. Não quis dar tantos detalhes, mas acredito que ele tenha se compadecido da situação. A minha aparência não era saudável. É inacreditável que não notaste nada de estranho em mim, Jano.

Nesses últimos dias de lamúria e privação deitado em uma cama de hospital, completamente enfraquecido, mantive uma rotina diária circunscrita a atividades bué simples. Queria ter ido contigo, mas não pude. Tu viste meu estado. Não é possível que não tenhas desconfiado de nada. Estava com medo de morrer no meio do trajeto. Foi mais prudente tu vires primeiro para cá.

Depois eu poderia reencontrar-te quando eu melhorasse, embora isso nunca fosse acontecer. Se puderes um dia ler o que te escrevo, saberás que eu estava a calcular quanto tempo eu ainda teria de vida, ainda que essa palavra não seja a mais adequada. Tu vieste para cá em plena tranquilidade.

11
EM QUAL PORTO EU CHORO?

Meu Deus, eu não sei se sonho ou se sofro de terror noturno. É muito difícil viver com tranquilidade em Vitória. Eu sonho, mas sinto tanto medo. Toda vez que retorno do sebo para o pensionato, ao anoitecer, sou abordada por homens direta e indiretamente. Olhares lascivos. Comentários libidinosos. Passos de sujeitos desconhecidos atrás de mim. Propostas de uma noite de sexo no motel. Homens são um pesadelo.

Lúcia passou por um constrangimento horrível esses dias. Quando voltei do sebo, encontrei-a chorando na cama, inconsolável. Pedi para ela me contar o que estava acontecendo. Meu Deus, ela relatou que sofreu um abuso. Ela é a última a sair da imobiliária depois de verificar se todas as luzes do escritório foram apagadas e se as portas estão devidamente fechadas. Rotina diária. Seu chefe ainda estava na sala dele. Ela nunca imaginou que aquele homem fosse ter a ousadia de assediá-la. Ele apalpou os seios dela por debaixo da blusa, enfiou a mão por dentro de sua saia, empurrando-a no chão, caiu por cima dela e começou a abrir o zíper da calça. Ela só escapou de ser violentada porque a esposa desse covarde buzinou com o carro em frente ao estabelecimento e foi entrando para se encontrar com seu marido abusador.

Pensei no quão desagradável seria, de agora em diante, ter de lidar com esse homem todos os dias no local de trabalho. Passado o susto, Lúcia recompôs-se e decidiu tomar uma atitude. Procurou a delegacia de mulheres para denunciar seu chefe. Ele foi acionado pela polícia. Depois disso, ela resolveu sair de seu trabalho, fazendo um acordo com a empresa. Ofereci ajuda convidando-a para se candidatar a uma vaga de vendedora no sebo em que eu trabalhava. Ela gostou da ideia, interessou-se muito pela oportunidade. Fez entrevista e acabou sendo contratada. Agora éramos colegas de trabalho.

Um Himmels willen! Homens devem pensar que somos prostitutas! Sempre que adormeço em minha cama, lembro-me de incidentes desagradáveis à noite e desse triste episódio vivido por Lúcia. Molly, por que você me acordou justamente a essa hora da madrugada? Você faz questão de dizer que eu tinha muita sorte por viver em outro tempo. Você, que vivia em uma cidade repleta de cortiços e prostíbulos. Mulheres de sua época tornavam-se meretrizes naquelas ruas úmidas e pestilentas da congelante capital irlandesa ou arrumavam um casamento com algum burguês daquele país ou da Inglaterra. Agora não quer mais falar sobre aquela noite de 16 de junho de 1904. Certa vez, quando você era ainda muito jovem, viu uma senhora sentada nos degraus de uma igreja, alimentando duas crianças com batatas cozidas. Aquelas três pessoas pareciam sentir muita fome. Você, inevitavelmente, lembrou-se do dia em que seu pai militar lhe contou sobre a assustadora peste da batata em meados do século XIX na Irlanda. O alimento dos miseráveis estava contaminado por um fungo. Muitos morreram de fome. Prostitutas, mães pobres e velhas moribundas eram as criaturas mais vulneráveis do país. Muitos foram embora para o Novo Mundo. Inúmeros irlandeses embarcaram em navios que, em geral, rumavam para a América do Norte. Você foi morar em Dublin, Molly. Sua cidade na grande ilha de rigoroso clima frio continuou se expandindo e a pobreza cresceu na mesma proporção. Trabalhadores passavam praticamente vinte horas por dia dentro de fábricas. Direitos? Ninguém falava sobre direitos. Ninguém ousava protestar. Uma terra de famintos, como você mesma diz. Eram muitos os cortiços, eram muitos os bêbados que vagavam pelas ruas sujas e escuras de Dublin, eram muitas as prostitutas que tentavam arrancar algum dinheiro de jovens infelizes e perdidos naquele reduto.

Você fica sentada à beira da minha cama quase todas as noites, falando comigo até o amanhecer. Suas vivências da juventude, suas expectativas de moça solteira. Aquelas lembranças sempre vivas. São os cheiros que a encantam e fazem o seu corpo sentir calafrios de felicidade. Você busca suas forças no aroma das flores e dos alimentos, mas parece viver em um lugar inóspito. Não era tão romântica como todos pensavam. O marido é um bom parceiro, porém você não abre mão de outros parceiros. Uns vinte e cinco homens, se não me engano. Às vezes seu coração fica muito apertado e a sua vontade de chorar é incontrolável. Para encontrar um pouco de serenidade e distração, você experimentou caminhar pela orla do porto. Perdeu os olhos no Rio Liffey. Pensou na vida. Deixou as lágrimas caírem. Puro tédio. Mordeu uma fruta. Os homens da cidade eram muito pervertidos. A maçã tinha um gosto muito doce. Por que não aprendeu a tocar um instrumento musical? Era tão talentosa quando era menina. O que poderia fazer além de cantar? Por que não se embriagar nos *pubs* repletos de bêbados? Rir de piadas ruins e, depois, vomitar toda a cerveja barata em uma sarjeta insalubre. Tempos de calamidade. Não adiantava nem mesmo olhar o céu, constantemente nublado, para amenizar um pouco todo o pesadelo do cotidiano. Meu Deus, quantos devaneios! Outra mordida na maçã. Os olhos voltavam a lacrimejar. A fome era desesperadora, mesmo o país superando a calamidade. Você veio do extremo sul da Península Ibérica, habitada por pessoas de sangue mais cálido, mas suas raízes devem ser nórdicas. O fragmento de uma canção popular irlandesa surge em seu pensamento. Sua delicada voz entoa a antiga melodia:

Dúlamán, dúlamán Gaelach
Dúlamán, dúlamán Gaelach
Dúlamán, dúlamán Gaelach
Dúlamán, dúlamán Gaelach
Dúlamán, dúlamán Gaelach

Dúlamán, dúlamán Gaelach
Dúlamán, dúlamán Gaelach

A 'níon mhín ó, sin anall na fir shuirí
A mháithair mhín ó, cuir na roithléan go dtí mé.

Dúlamán na binne buí, dúlamán Gaelach
Dúlamán na farraige, s' é b'fhearr a bhí in 'Éirinn

Dúlamán, dúlamán Gaelach
Dúlamán, dúlamán Gaelach
Dúlamán, dúlamán Gaelach
Dúlamán, dúlamán Gaelach
Dúlamán, dúlamán Gaelach
Dúlamán, dúlamán Gaelach
Dúlamán, dúlamán Gaelach

Você poderia continuar cantando em Dublin. Usaria uma rosa nos cabelos, tal como fazia na infância em Gibraltar para imitar as garotas de Andaluzia. Afinal, quem seria aos seus olhos uma verdadeira e nobre alga marinha irlandesa? Leopold Bloom ou Blazes Boylan? Pouco importa para você, Molly. Seu marido não ficaria incomodado se você escolhesse Boylan. Ele sabia de todos os seus amores.

Agora você quer saber de mim. Pede para eu esquecer o cantarolar e todas as tolices que estava dizendo. Está inquieta e curiosa. O que eu fazia para fugir da monotonia? Qual era a minha bebida predileta? O que eu gostava de comer? Em qual porto eu choro? *Ach Gott!* Eu faço tantas coisas! Não tenho preferências por isso ou aquilo. Por coincidência, estava planejando passear pelos arredores da zona portuária naquela manhã. Precisava olhar para as águas inertes da Baía de Vitória. Os grafiteiros iriam se reunir por aquelas imediações. Meu despertador toca. Lúcia me perguntou se era normal eu ter sonhos tão agitados.

Acordei com tanta fome que não pensei em outra coisa a não ser preparar uma omelete recheada de queijo e pedaços de tomates. Fiz um pingado em um copo americano. Lúcia me acompanhou no café da manhã. Tagarelava muito, estava empolgada com o sebo e tinha boas propostas para estimular os clientes da loja a adquirirem os livros. Bebi um gole de pingado. A dona da pensão nos cobra o aluguel. *Ach was!* Já tínhamos combinado de acertar as despesas no dia em que receberíamos nossos pagamentos. Nunca atrasamos. Eu precisava sair.

Sábado de Aleluia. Dia de folga. Lúcia me substituía no sebo. Mesmo com o tempo nublado e a possibilidade de a chuva surgir a qualquer instante, encontrei-me com os parceiros de grafite em frente ao Palácio Anchieta. Da Cidade Alta, admirávamos a orla do porto. A faixa azul no chão tinha sido feita por um artista. Marcou até onde as águas chegavam antigamente. Em direção aos degraus da Escadaria Bárbara Lindenberg, setas amarelas indicam o caminho que São José de Anchieta fazia para chegar à praia. Muitos jesuítas fizeram o mesmo percurso.

Em muros baixos, começamos a fazer as intervenções. Pensei em procurar por algumas imagens de perfis de mulheres que talvez pudessem me fazer lembrar de você, Molly. Alguma senhora com trajes do século XIX. Ela deveria ter um rosto forte. Não, ela deveria ter contornos delicados de face. Eu realmente não sei como é o seu rosto, Molly. Estou tentando delineá-lo. Depois de algum tempo, encontrei uma solução. Preparei o estêncil para fixar sobre um semblante abstrato. Descartei até mesmo colagem que estava pronta para ser utilizada. Sra. Bloom, você precisa saber o que esperamos que nos diga. Palavras ávidas. Pensamentos que borbulham como água mineral. Cabelos escuros. É assim que exponho a sua face à Baía de Vitória:

SUFRÁGIO UNIVERSAL

EU SOU O PEIXE

DE

UM

PORTO

DE VIDRO

OU AS TEMPESTADES

DE TODOS OS SÉCULOS

?

Tudo se mistura quando tento identificar o que sinto. O que era a realidade? Um sonho? Uma ferida? Um trauma? Uma glória? Para mim, era tão óbvio ver o seu rosto naquele grafite, Molly. Por outro lado, parece impossível imaginar que as pessoas não reconheçam a sua fisionomia naquela imagem. Um grafiteiro me disse que eu estava no limite entre aquilo que já fazíamos e a poesia. Muitos concordaram. Eu não sei fazer poemas. Construo frases que apenas traduzem o que eu vivo. O que eu vivo me sensibiliza demais.

Valha-me, Deus! De onde surge a vontade que as pessoas sentem de rotular os outros? Lá estava eu, com as mãos e as roupas sujas de tinta, com as unhas arrebentadas da excessiva raspagem de muros, pois esquecia de usar espátula quando o vestígio de uma imagem antiga por trás da camada de tinta mostrava-se curiosamente intrigante e cheio de mistério. Lá estava eu, com os olhos vidrados nas águas da Baía de Vitória, com os pensamentos tão agitados quanto a repentina ventania que fazia as folhas secas das árvores dançarem um assombrado balé nas sarjetas. Lá estava eu, sozinha, procurando respostas inexistentes, distante como a felicidade alheia, paciente como um animal selvagem à espera do deslize de sua presa, insatisfeita como a vida que entra em conflito com o tempo a todo instante. Talvez eu seja como um peixe que precisa navegar para fora das bordas de um aquário, mas não se trata de falta de liberdade e, sim, de certas limitações, de restrições no campo de visão. O que eu vejo? O que eu não vejo? Já estava na hora de ir embora. A manhã rendeu. Eu ainda tinha outro compromisso em um lugar que estou sem frequentar faz algum tempo. Estava curiosa para retornar lá. Queria reencontrar as pessoas com quem eu convivi durante muito tempo.

À tarde, fui ao orfanato visitar as freiras. Quase desisti de ir por causa da probabilidade de chuva. Apesar de as condições climáticas estarem desfavoráveis para passeios, as nuvens se dissiparam, o sol ressurgiu e o sábado tornou-se um pouco mais radiante. Meu Deus, que desperdício seria voltar para a pensão e deixar aquela espirituosa tarde de sol passar em branco. Fui andando até o ponto de ônibus. Sentei-me no assento e fiquei olhando para fora. Mantive os olhos direcionados para o céu. Aprendi a admirá-lo desde muito pequena. Isso me trazia tranquilidade quando me sentia triste. Foi olhando para o firmamento que consegui, ao longo de minha infância, chorar cada vez menos por sentir falta de pai e mãe. De repente, a ausência da menina que eu era tornou-se pequena por causa da imensidão. Eu devo isso ao orfanato. Pedi permissão para fazer um discreto estêncil em um canto da parede em que as chaves ficam dependuradas em um prego minúsculo. Deixaram-me à vontade para fixá-lo e fazer a colagem. De que forma eu poderia trazer o céu para dentro do orfanato? Como ele poderia estar presente naquelas paredes? Fiz o estêncil:

O céu não é um símbolo vazio. É com ele que buscamos a paciência incalculável da esperança. Queremos encontrar no céu a liberdade inconfidente. Para as freiras, talvez a frase ao redor do triângulo represente alguma espécie de homenagem a Deus. Sim, isso seria possível. Porém, eu estava celebrando expectativas. Aguardar acontecimentos era uma atitude humana da qual eu não podia abrir mão.

No final da tarde, quando estava prestes a retornar para a pensão, uma das responsáveis pelo orfanato, a freira mais antiga de todas naquele lugar, pede para que não me deixassem ir embora sem antes falar com ela em particular. Da janela de seu quarto, ela me viu enquanto eu fazia grafite na parede. De uns anos para cá, começou a usar cadeira de rodas. Sua mobilidade já era bastante restrita desde a época que eu morava lá. Suas mãos suaves e seu olhar sempre doce acolheram-me quando nos encontramos. Ela tinha algo importante para me dizer. Segurei firme aquelas mãos nas minhas e olhei-a fixamente. Por mais incrível que pareça, uma mulher e um homem tinham ido ao orfanato há uns três dias. Ela principalmente queria ter notícias a meu respeito. Como nunca tinham visto aqueles dois em momento algum, as freiras não quiseram dar informações a eles. O homem retornou à instituição no dia seguinte e deixou um número de telefone, pedindo a elas que dessem o contato dele para mim, caso eu aparecesse de visita.

De repente, toda a tranquilidade e a paz que sentia ao lado da freira que me viu crescer foram abruptamente desfeitas. Pedi a ela o número informado. Pus as mãos na cabeça, nervosa, surpreendida. Apressei-me para ir embora do orfanato. Esqueci até mesmo de me despedir. Não demorei muito para fazer o telefonema. Quem me atendeu foi um homem de voz grave. Parecia amedrontado. Estava de partida. Precisava viajar imediatamente, mas não explicou o motivo. Chamou-me pelo meu nome. Ele queria muito saber do que eu sentia mais falta na vida. Fiquei imobilizada com aquela pergunta. Interrompi a ligação. Estava próxima do porto. Resolvi retornar até lá. Descansei meus olhos na ondulação das águas da Baía de Vitória. Depois, olhei demoradamente para o céu. Senti fome. Lembrei-me daquelas batatas. Meu Deus, como podem ser tardias as lágrimas em meu rosto?

IV FRAGMENTO DE JANO

AQUELE QUE VIU O IRMÃO DE LISBOA

12
ESPAÇO VAZIO

Tirei a arma engatilhada de suas mãos. Você parece ser uma pessoa muito estranha. Somos irmãos, mas não o conheço. Precisei lhe impedir de lançar um tiro precipitado. A arma dispara acidentalmente. A pressão dos dedos sobre o gatilho. O disparo inevitável. Nunca imaginei que isso fosse acontecer. Depois de tanto tempo encarcerado. Além disso, vi alguém que conviveu comigo quando eu era muito jovem. Um simples funcionário de oficina mecânica. Trabalhamos juntos. Hoje praticava assaltos.

Chegamos ao hotel. Deixei o revólver em cima de uma mesa de cabeceira. Ninguém mais estava sob a mira de uma pistola. Você estava ofegante. A barba cerrada parecia esconder cicatrizes no rosto. Aparência debilitada demais. Quase não falei. Permaneci em silêncio. Imaginei que tivesse algum problema respiratório. Uma pneumonia. Não sabia o que estava acontecendo. Você queria notícias de Cassandra. Me falou de uma casa em Regência Augusta. Norte do Espírito Santo. Pedi que não falasse mais. Estava com muita falta de ar. Deduzi que algo do passado de nossa mãe estava guardado nesse lugar. Não sei como pude atender ao seu pedido. Vim para a vila de pescadores. Estou aqui desde que nos encontramos em Vitória. Eu deveria ter ficado com você. Em seguida, a ambulância apareceu para levá-lo ao hospital. Insistiu para que eu fosse até Regência Augusta. Não importava que você estivesse mal. Prometeu que logo estaria lá. Era um mal-estar passageiro.

Acolhi o seu apelo porque senti piedade. Tamanha foi a insistência de sua parte. Me deu dinheiro para viajar. Deixei você nas mãos de estranhos. Prometi que contaria tudo o que sabia sobre nossa mãe. Seus olhos se fecharam. Perdeu a consciência. Você entrou na ambulância. Perguntaram quem eu era. Pedi que olhassem para os nossos rostos. Dúvida desfeita. O socorrista conseguiu estabilizar você. Estava fora de perigo por enquanto. Levaram você mesmo assim para o hospital. Parti rumo ao povoado.

Estou em uma pequena casa que foi de nosso pai. Eu não o conheci. Quando ainda estava ofegante, disse que a casa pertencia a você. Exigiu que eu viesse para esse espaço vazio. Tratei de ir para a rodoviária. No meio do caminho, percebi que estavam me seguindo. Era muito tarde e não havia mais ônibus para Regência Augusta. Somente no dia seguinte. Adormeci num banco do terminal. Continuei com a sensação de que alguém me observava. Procurei ignorar a impressão. Era preciso aguardar a sua chegada. Antes de desmaiar, você garantiu que logo ficaria bem. Confiei no que disse. Talvez não devesse confiar.

Não sei se valia a pena confiar. Poderia haver alguma complicação no hospital. Ninguém sabia de nosso acordo. Tinha receio de a polícia aparecer. Devem estar procurando por mim. Talvez procurem por você também. Sinto muito. Ninguém sabia aonde eu estava indo. Comprei a passagem para Linhares.

Me sentei num assento do ônibus. Aquele velho colega de trabalho entrou no veículo. Acomodou-se ao meu lado. Na poltrona que ainda estava vazia. Havia poucos passageiros. Não compreendi o que ele estava fazendo. Não imaginava o que o levou a virar assaltante. Me pediu desculpas pelo empurrão. Foi uma noite conturbada. Sentado ao meu lado no ônibus, ele começou a chorar. Tomou consciência de que morreria em breve. Ele estava em fuga. Estava indo para a rodoviária. Me observou no meio do caminho. Resolveu me seguir depois que saí do hotel. Era ele. Sangrava muito, tinha uma bala alojada no abdome. Um curativo ensanguentado. Tirei o casaco para estancar a hemorragia. Fiz pressão sobre a ferida. Ele me agarra pelo braço. Me olhava fixamente. Implora para que o leve para onde eu quisesse. Seria o seu último pedido. Morrer em um ambiente pacato. Atendi àquela súplica. Estava aceitando tudo que me pedissem. Eu me surpreendia comigo mesmo.

Concordei com aquele insano plano de fuga. Devia estar louco por ter aceitado a proposta. A situação ficava cada vez mais esquisita. O homem sangrava muito. Já estava sangrando na noite passada. Não sabia se o mantinha acordado. A viagem não era tão longa. A estrada estava tranquila. O homem despertou cerca de uma hora depois. Deu chutes na poltrona da frente. Tentei lhe acalmar. Estava muito abatido. Tinha perdido muito sangue. Escorria sangue pelo corredor do ônibus. Os passageiros pareciam não se importar. O seu olhar estava estranho. A pele empalideceu muito. A temperatura começou a subir. Estava muito quente. Pensei que talvez ele não pudesse chegar vivo. Cogitei saltar do ônibus e lhe deixar na poltrona. Estaria me arriscando. Todos veriam minhas mãos ensanguentadas. Voltaria para a prisão. Ele não iria resistir. Era impossível. A morte se aproximava. Não havia chances de ele sobreviver. Chamariam a polícia. Diriam que eu o matei. Não sabia como poderia lhe tirar daquele ônibus. Sair sem chamar a atenção. O rastro de sangue era evidente.

A viagem parecia interminável. A sensação era a de que faltava muito para chegarmos. Cansava olhar a paisagem em volta. Não poderia pedir ajuda. Não havia essa possibilidade. Parecia que o ônibus seguia de trás para frente. Estávamos retrocedendo. A quilometragem percorrida era uma ilusão. O motorista sintonizou o rádio. Ouvimos a notícia sobre uma viatura de polícia abandonada no centro de Vitória. Dois homens desmaiados na rua. Um suspeito desaparecido. Fizeram um retrato falado. Disseram que outro homem também estava envolvido na perseguição. Deveriam estar falando de mim. Ninguém tinha certeza de quem era. Esse homem era eu mesmo. O retrato falado poderia servir a mim ou a você. Faziam buscas em Vitória. Procuravam por pistas. Ainda estava longe de Regência Augusta. Monotonia. Mais algumas horas. Era um destino improvável. Eu não tinha nada a fazer no vilarejo.

Foi difícil suportar aquele itinerário entediante. De repente, cogitei a ideia de estarmos sendo monitorados. Uma remota interceptação. Fiquei remoendo essa possibilidade. Permaneci assim por muitos minutos. O homem acordava e adormecia ao longo da viagem. O sangue pingava. Outro pensamento. Meu irmão, você poderia muito bem estar blefando. Talvez não houvesse casa alguma em Regência Augusta. Não tinha como eu saber. Não tinha nem mesmo como voltar atrás. Estava no meio de uma viagem.

Procurei me recordar de outras viagens. Lembrei de um passeio para o interior do estado do Rio de Janeiro. Visitei com a mãe a Serra dos Órgãos. Próxima de Petrópolis e Teresópolis. O trajeto escarpado da região serrana. Comentei com o sujeito ensanguentado. Era preciso resistir ao cansaço. Me dispus a cumprir o pacto com ele. Sentia os olhos dele piscarem constantemente. As pálpebras pesadas. Elevadores em queda livre no interior de um edifício. Começou a perder os sentidos. Ouço sua voz muito baixa. Ainda estava vivo. Tentava se comunicar. Parecia ter algo a dizer. Perguntou por que a serrania tinha aquele nome. Expliquei que era uma região montanhosa. Os picos ao longo da estrada lembram tubos sonoros. Instalados dentro de igrejas. Assemelhavam-se a instrumentos musicais. Usados em cultos católicos. Foram portugueses que deram esse nome. Olharam as extremidades agudas. Fizeram a associação com os órgãos das catedrais europeias. Era inútil explicar a origem do nome. Não faria diferença. Parte da família da mãe é desse lugar. Eu vinha aqui quando era criança. Gostava de admirar o Dedo de Deus. Aproveitava muito aquela paisagem. Parecia mesmo um dedo apontando para o céu. Não poderia deixar de notar aquele pico.

A gente estava no caminho certo. O deslocamento continuava demorado. Meu companheiro de viagem perguntou se eu acreditava em Deus. Não poderíamos conversar sobre isso. Era melhor ele ficar quieto. A ferida no abdome sangrava demais. Ele também procurou lembrar daquele dia. Aquele dia em que pensei ter matado nosso antigo patrão. Naquela precária oficina. Afirmei que tinha matado nosso antigo chefe. Todo mundo sabia disso. Ele me contrariou. Disse que eu estava drogado demais. Não conseguiria matar ninguém naquele dia.

Isso não importava mais. Ele continuou. Disse que eu era inocente. Naquele dia eu estava muito revoltado. Me contou que ele já tinha feito tudo quando eu cheguei. Os golpes com martelo. A fúria de um empregado assalariado. O assassinato de nosso antigo chefe. Ninguém queria estar em nosso lugar. Ele entendia do monitoramento eletrônico da oficina. Foi fácil manipular as imagens. Ele tinha sido covarde. Foi o que disse para mim. Estava fora de si. Devia estar delirando. Perdera muito sangue. Estávamos muito cansados. Ele estava ferido. Precisava parar de falar sandices. Aquilo não fazia sentido algum. Pedi que descansasse.

Ele não quis atender o pedido. Parecia não querer se poupar. Continuou falando. Revelou que eu não estava normal naquele dia. Chamava por uma mulher. Ele não se recordava qual era o nome. Era Verônica. Eu dizia que ela estava lá. Meus olhos estavam vermelhos. Ele notou a alteração no tamanho das minhas pupilas. Eu comecei a procurar Verônica. Gritava muito. Ele ria daquela cena patética. Zombou da situação e quis me provocar. Eu tive uma reação agressiva. Parecia uma besta indomável. Ele mentiu que ela tinha se escondido lá. Foi quando peguei um martelo já ensanguentado. Comecei a quebrar tudo ao nosso redor. O patrão morto no chão. Crânio dilacerado. O efeito da droga parecia ter desaparecido. As câmeras registraram todo o meu movimento. Descontrole. Violência. Foi assim que ele apagou apenas a filmagem de seus passos naquele lugar. Os policiais não estranharam a gravação fragmentada. Isso favoreceu a evidência de que o crime tinha sido praticado por mim. Confessou que ele era o verdadeiro culpado por essa morte. Repetiu que eu era inocente. Não nos reencontramos à toa. Era a oportunidade para ele confessar o que tinha acontecido. Ele estava num caminho sem volta. Não resistiria por muito tempo. Essa era a verdade. Eu devia lhe dar a chance de se redimir. Ele deixava claro que a única vítima nessa história era eu. Precisava acreditar nele. Ainda dava tempo de consertar os erros cometidos. Compreendi a aflição que ele estava sentindo.

Era difícil crer em uma confissão tão inusitada. Eram devaneios de um sujeito moribundo. Não deveria dar importância. Depois de algum tempo dentro de um ônibus na estrada, qualquer pensamento era desvario. Excesso de sono. A gente estava em condições deploráveis. Ele piorava muito. As circunstâncias acentuavam a gravidade. Eu estava ficando sonolento. Ele, prestes a deixar de viver. Era isso. As últimas palavras de um sujeito. Tentava me convencer de que eu não era culpado de nenhum homicídio. Era uma teoria muito interessante. Seria uma triste ironia ir à justiça, após vinte anos, dizer que era inocente. Sugerir outra versão dos fatos. Revelar que um ex-colega assumiu o crime praticado, justamente agora. Seria impossível verificar a legitimidade do depoimento. Uma pessoa prestes a morrer. Mal pude refletir sobre essa hipótese. Ele não demorou muito para que parasse de respirar. Morreu com os olhos revirados no assento daquele ônibus. Não pude realizar o seu desejo. Morrer no sossego de Regência Augusta. Foi logo que chegamos a Linhares. Ele faleceu nesse trecho da viagem. A perda de sangue foi incontrolável. Eu não sabia o que fazer. Estava prestes a desmaiar de esgotamento. Foi inevitável adormecer.

Descansei por alguns instantes. Cogitei saltar do ônibus antes de chegar ao destino. Fugir. Eu não tinha culpa alguma. Deveria fugir de qualquer maneira. Havia um cadáver ao meu lado. Olhava-o a todo momento. Estava imóvel. Não era um sonho. Era real. De repente, ouvi um ruído alto. Uma vibração estranha sendo emitida de seu corpo. Me passou ligeiramente pela cabeça que ainda estivesse vivo. Ao lhe apalpar, encontrei um objeto no bolso de sua calça. Um celular ligado. Com pouca bateria. Devia estar sendo rastreado pela polícia. Não tive dúvidas. Deviam estar atrás dele. Destruí o aparelho com as mãos. Abri a janela do ônibus. Atirei o celular para fora. Terminava nesse ponto o rastreamento. Estava perto de descer.

Nada de policiais até essa ocasião. Não demoraria para desembarcar. Um homem morto ficaria abandonado na poltrona daquele ônibus. Aquela insólita companhia. Curiosamente, senti uma respiração ofegante. Ainda estava vivo. Quis se erguer vagarosamente. Fiquei assombrado. Era ele. Meu coração acelerou. Um atordoamento inoportuno. Ele coloca sua mão ensanguentada em meu ombro. Disse que não havia o que temer. Pediu que eu me acalmasse. Creio que tinha dormido muito mal. Quem devia estar delirando era eu. Comentou que era bom saber que o passeio estava chegando ao fim. Desceríamos em breve.

Isso não poderia ser verdade. Eu vi que ele tinha parado de respirar. Conferi muito bem que ele não respirava mais. Ele não estava mais respirando. O celular vibrava no bolso da calça. Avisei que tinha descartado o aparelho. A polícia deveria estar procurando por ele. Certamente teriam a localização do seu paradeiro. Ele tinha me colocado em maus lençóis. Mas esse pormenor não condizia com a realidade. Era algo impossível. Ele não carregava nenhum telefone celular. Ninguém nos rastreava. Eu confundi o ruído do aparelho com a respiração dele. Eu dizia que ele estava morto. Ele insistia que não. Que estava vivo. Então tudo isso só poderia ser algum desatino. Ele tocava em meu ombro. Era real. Procurei o ferimento em seu abdome.

Custei a acreditar naquela possibilidade. Era fora do normal. Ele me pediu para ficar calmo. Não pensar mais sobre isso. Desembarcamos em Linhares, calados. Ninguém se importou com tanto sangue derramado. Foi como se nada de extraordinário tivesse acontecido. Éramos cúmplices. Éramos testemunhas de uma ação cometida por forças sobrenaturais. Era a única explicação razoável. Algo que poderia justificar o fato de isso ter acontecido.

Colocamos os pés em Regência Augusta. Encontramos o endereço. Estou aqui a sua espera, meu irmão. Você vai ver uma casa muito simples, antiga e discreta na vila dos pescadores. Entrei com meu ex-colega nessa pequena casa. Conferi seus utensílios e objetos. No banheiro, o espelho diminuto do armário sobre a pia.

Refletia o meu rosto. Retirei da parede. Levei comigo para a mesa que ficava na sala. Me deparei com folhas de papel em branco. Havia algumas canetas espalhadas por cima do móvel. Foi assim que comecei a escrever este relato. Olhei a minha face por alguns instantes no espelho. Logo depois, aquele homem com o ferimento ensanguentado apareceu diante de mim. Me avisou que sua cicatriz no abdome havia sumido. As manchas de sangue em suas roupas também desapareceram. Me contou que todos o chamavam de Null.

V FRAGMENTO DE JANO

AQUELE QUE FOI PARA REGÊNCIA AUGUSTA POR ÚLTIMO

13
O CENTAURO QUÍRON

Viajei para Regência Augusta durante a madrugada. Não pude esperar amanhecer para tomar o primeiro autocarro. Ao sair do hotel, reparei que havia uma moto estacionada em uma rua vazia. Arrebentei a corrente que a prendia em um poste de luz com um disparo. Mexi nos fios de ignição e liguei-a. Pouco importa que os vizinhos tenham levado sustos com o barulho seco de um tiro. À noite eu correria menos riscos. Procurei por caminhos não monitorados pela polícia. Se eu precisasse entrar em matagais, eu entraria. Se eu precisasse atravessar arroios ou cursos d'água, eu atravessaria. Se eu precisasse esperar, eu esperaria. Se eu precisasse dormir, eu dormiria. Se eu precisasse mentir sobre a minha identidade, eu mentiria. Eu abasteci a moto em postos, comprava sandes em lanchonetes e comia discretamente nos acostamentos das estradas. Não tinha nada a perder, pois tudo já estava perdido. Meu futuro chegava aos poucos. Nada seria capaz de fazer-me interromper a viagem. Havia combinado contigo, Jano, que iríamos conversar sobre tudo o que se passou. Eu simplesmente tive de confiar em tua palavra. Enquanto partia rumo ao meu destino final, não soube de nenhuma notícia sobre violência urbana em Vitória entre um policial e homens comuns. O risco de ser capturado era muito alto. Quando você está a passar por uma situação difícil como essa, não há o que pensar a não ser traçar um plano para afastar-se do perigo, embora todas as tentativas que nos restam de sair ileso dos tormentos e dos percalços sejam incertas e perigosas. Era o preço que estava a pagar.

Ainda que estivesse a arquitetar um esquema impreciso e passível de falhas, a minha estratégia estava correta. Apesar de tão humilhante estado de saúde ao longo das últimas semanas, recuperei-me de modo razoável. Precisava aproveitar a súbita disposição física para ir ao teu encontro, Jano. Até este ponto, posso dizer que venci, mas estou extremamente cansado. Eu sentia um desânimo incontrolável. A viagem foi um pouco longa. O trajeto era arriscado e imprevisível. As articulações do meu corpo estavam a ficar enrijecidas, e a cabeça doía demais. A febre voltava. Passei por momentos de sufoco devido à grande exaustão. No entanto, não fraquejei, não desisti, não recuei. Fui adiante. Comecei a controlar o tempo a cada quinze minutos. Pensava comigo que poderia aguentar sempre mais quinze minutos. Quando acabava essa duração cronometrada de tempo, recomeçava a contar. Outra vez. Ficava a repetir o mesmo processo até finalmente conseguir completar a viagem. Só mais quinze minutos, e mais quinze minutos, e mais quinze minutos, e mais quinze minutos, e mais quinze minutos, e mais...

Não esqueci de carregar comigo aquela arma do policial que quase conseguiu prender-me em Vitória. Estava pronto para matar qualquer pessoa. Poderia até mesmo dar um tiro no meio da testa da bruxa do vilarejo com a qual tu encontraste, Jano. Se ela quisesse perseguir-me, daria-lhe um fim. Eu não sabia o que Regência Augusta reservava-me. Não mediria esforços para me proteger de estranhos, ficaria no aguardo de qualquer imprevisto, mas ainda era muito cedo para saber se eu estava em perigo.

Antes de viajar para esta vila de pescadores, tive um contratempo na cidade. Recebi o telefonema de Marion. Isso significava que ela tinha sido avisada pelas freiras de minha visita ao orfanato. Enquanto ainda estava hospedado no hotel, uma situação bué curiosa aconteceu em Vitória. Tu deves ter reparado que demorei um bocado para chegar em Regência Augusta.

Precisava conversar com essa rapariga, porém não tive a sensibilidade necessária para estabelecer um diálogo adequado com ela. Marion demonstrou uma coragem fora do comum ao entrar em contato comigo. Infelizmente eu não me pude colocar em seu lugar. Eu não sabia nada sobre ela. Tentei dizer-lhe que havia a possibilidade de ela ser a minha filha. Eu nunca tinha sido pai durante toda a minha vida de adicto. Dei-lhe o endereço da casa em Regência Augusta, pois era lá que eu certamente estaria. Ela não entendeu absolutamente nada. Qualquer pessoa tomaria um susto ao ser convidada para ir a um lugar completamente desconhecido e encontrar-se com um sujeito que também jamais tinha visto antes. Não lhe causei uma boa impressão. Fui rude e impaciente. Ela deve ter percebido a minha respiração ofegante ao telefone. A verdade é que demorei demais para lhe responder algo sensato. Pensei muito no que poderia dizer, mas a estupidez com as palavras foi maior. Essa reflexão deu-me motivos para saber exatamente o que fazer naquela vila de pescadores. Antes de chegar a esse lugar, tentei encontrar uma forma de desatar os nós amarrados. Talvez a rapariga tome coragem um dia para nos visitar, Jano.

Mergulhei em meus pensamentos por horas a fio. Afundei em um brejo lodoso, de águas paradas, encardidas, escuras. Sempre fui uma pessoa calada. Guardo em mim rancores infinitos. Não há criatura alguma que tenha a capacidade de compreender-me. Ensinaram-me a não ter o menor pudor para matar. Eu fui educado dessa forma. Eu sei que isso não é motivo de orgulho para ninguém. Importo-me pouco com mortes. Não escolho vítimas, não prevejo acidentes, não determino o fado de ninguém. Só não tolero abandonos. Jano, tu foste uma dessas pessoas que justamente fazem lembrar-me disso. Assim que eu chegasse à vila de pescadores, seria contigo que eu acertaria as diferenças. Tu deves desconfiar que a nossa conversa será decisiva. Cassandra deveria sofrer uma dura punição. Queria ter saúde para planejar uma emboscada. Perda de tempo. Ela já escapou há anos.

Eu gostaria de ter resolvido o meu impasse com Marion, ela não era como qualquer outra pessoa. Tentei contactá-la inúmeras vezes. Era impossível encontrá-la pessoalmente. Eu estava fraco demais. Eu teria muito a explicar a essa rapariga. Por estar neste instante a escrever sobre factos que se relacionam a mim, darei a ela duas possibilidades, caso decida vir ao meu encontro cá, em Regência Augusta: decifrar todos os enigmas a respeito das histórias de dois irmãos distantes e ainda permanecer hesitante com tudo isso. Eu não posso ignorá-la. É por essa razão que também escrevo essa mensagem. Jano, tu deves entregar-lhe isto se eu não estiver mais neste mundo. O que essa rapariga poderia esperar de mim? Nem eu mesmo sabia o que buscava. Não conseguia esboçar alguma perspectiva do que desejava fazer da minha vida após tantos acontecimentos desastrosos.

Presenciei tantas situações lamentáveis enquanto estava a dirigir a moto nas rodovias. Vi animais atropelados. Acidentes fatais. Veículos destruídos. Vias interditadas. Uma noite muito escura. Em um desses persistentes períodos de breu, conduzi a moto por uma estrada sem iluminação alguma. Inesperadamente, um cavalo cruza o caminho e bate na moto. Com a batida, a moto foi arrastada pelo chão por alguns metros longe do ponto de colisão. Minha cabeça estava protegida pelo capacete, mas perdi a consciência por alguns minutos. Despertei com o pé torcido e arranhões nos braços. O animal tinha fraturado uma das patas dianteiras, o osso estava exposto. Ele permaneceu caído e agonizava de dor.

Ergui o meu corpo e cambaleei imenso. Estava bastante perplexo com o acidente. Recolhi a moto, conferi a lataria amassada, liguei o motor e subi em cima do assento para testá-la. Era possível andar com ela, apesar do seu estado danificado. Deixei-a estacionada na beira do caminho. O cavalo relinchava muito alto. Seus olhos miravam a escuridão do trajeto. O que poderia amenizar a sua dor naquele momento era o disparo de uma arma na cabeça. Isso cessaria o sofrimento. Ele poderia até mesmo ser salvo, não haveria necessidade de sacrificá-lo por causa de sua pata, mas, naquela noite tão silenciosa e sem vestígios de presença humana além da minha, o cavalo sangraria até a morte. Amanheceria morto por falta de assistência veterinária. Eu não queria deixá-lo morrer de maneira tão dolorosa. No entanto, eu estava diante de um animal sem culpa pelo acidente. Não tinha razões para matá-lo. Seria capaz de matar a sangue frio apenas pessoas que me pudessem prejudicar. Não sei o porquê de tanta hesitação. Eu estava armado e era só dar um tiro certeiro. Perdia tempo demais naquela escuridão. Os dedos no gatilho tremiam e, pela primeira vez, algo me deixava sem ação. Já tinha ido longe demais. Lembrava-me de todos aqueles que perderam suas vidas por causa de overdose, dívidas com traficantes e VIH. De certa forma, todos me acompanhavam. Sabiam aonde eu ia, testemunhavam o atropelamento do cavalo como se fossem fantasmas isentos de qualquer responsabilidade perante os atos inconsequentes de um indivíduo vivo. Nenhum juiz teria mais autoridade e competência para definir a minha sentença do que as assombrações que me estavam a rodear. Tinha consciência de que acumulei ao longo dos anos pesadelos eternos. Há percalços imprevisíveis nesse itinerário sombrio. Todos eles representam penitências que eu deveria pagar em uma cela de prisão, mas não me consigo redimir de meus atos. Não há castigo ou punição que apague minhas experiências mundanas e ilegais.

Eu não tinha coragem de matar o cavalo, pois eu sempre admirei esse nobre animal. Cavalos estão prontos para combates violentos, aptos para se movimentarem ilimitadamente, desenvolvem a agricultura, além de simbolizarem a liberdade. São criaturas extremamente arrojadas, mas podem portar-se com muita leveza. Esses animais vieram ao mundo sem amarras e podem cavalgar para o mais longe possível. Eles despontam no horizonte como mensageiros do porvir e também são soldados de muitas guerras. Quando é preciso haver coragem para combater inimigos, eles estão na linha de frente a demonstrar força, integridade e sagacidade, face ao medo e ao horror de batalhas sangrentas. Muitos impérios foram construídos com a participação essencial desses ilustres animais. Eles representam seres mitológicos surpreendentes. Meu pai, na época em que ainda estava lúcido, durante a minha infância, gostava de falar sobre os mitos dos tempos remotos. Uma vez ele leu para mim uma história sobre o centauro Quíron, figura lendária que era metade homem e metade cavalo, um ser desprezado por sua mãe logo ao nascer. Deus Apolo encontrou-o depois de algum tempo, deu-lhe conhecimentos e transformou-o em um sábio médico.

Cavalos são sagrados demais para serem sacrificados, não podem ser levados à morte, não merecem sofrer nas mãos impiedosas de uma pessoa como eu. Eles voam sem ter asas, superam longas distâncias, afrontam tiranos, suportam os perigos da humanidade. Com essas reflexões em minha mente, tentava desvendar qual era o presságio que aquele cavalo ferido transmitia a mim naquela noite horrenda. Estávamos a sós. O tempo parecia transcorrer vagarosamente. O acidente nada mais era do que a representação de minha desgraça. O desastre parece ter provocado uma fissura no tempo, tive a impressão de que estavam a surgir do reino dos mortos todos aqueles que tiveram suas vidas ceifadas pelo vício.

O cavalo é um ser de transição entre a noite e o dia, entre a lua e o sol. Infelizmente o animal moribundo no meio da estrada corria o risco de adormecer eternamente no território lunar do desengano. Eu precisava decidir qual seria o destino dele. Tomar alguma atitude naquele momento sombrio foi algo muito difícil. Eu hesitei demais até aquele ponto. Poderia ter resolvido o impasse assim que tivesse recobrado a consciência após a queda abrupta com a moto. Não ter decidido absolutamente nada era algo inesperado de minha parte. Eu desejava encontrar uma forma de facilitar a passagem do cavalo para o lado da luz. Queria elevá-lo aos céus e à energia do sol. Eu questionava a minha capacidade para realizar tal ação, pois não era prudente ou sábio o suficiente como Quíron.

A condição vulnerável daquele cavalo despertou-me uma crise nervosa. Comecei a chorar desesperadamente. Eu tinha bastante consciência de que desempenhava atitudes de uma pessoa cruel, desprezível, desumana e intolerante. Eu sou exatamente dessa forma, Jano. Devo agora dizer, sem sombra de dúvidas, que cheguei ao meu limite. Permaneci embriagado por pensamentos apavorantes. Saí a caminhar pelo meio da estrada, com o revólver na mão. Ninguém saberia sugerir uma alternativa para solucionar esse triste dilema.

A escuridão do céu significava que as nuvens estavam carregadas. Oiço um trovão ressoar no horizonte e lançar um forte clarão de luz no espaço. Um vendaval varreu a poeira do chão. A tempestade começa de repente. Eu precisei acolher-me de joelhos e proteger minha cabeça com as mãos. Talvez fosse nesse instante assolador que eu estivesse a receber uma punição divina. Se o cavalo não puder seguir o seu caminho de maneira livre e sem rédeas, eu também não poderia continuar com esta viagem. Não havia abrigo algum próximo de mim. A chuva intensa durou cerca de uns quarenta minutos. Os pingos volumosos de água diminuíram aos poucos. As nuvens dissipavam-se lentamente. Em seguida, pude ver a lua cheia clarear o breu.

Aproximei-me do animal ferido. Ele olhava fixamente para o chão. Puxei o revólver, acionei o gatilho e mirei em sua cabeça. Era isso que eu precisava fazer. Não adiantava eu perder mais tempo e já estava na hora de acabar com esse problema. Concluí que seria a melhor forma de ofertar a liberdade àquele bicho todo encharcado e machucado. Subitamente, o cavalo relinchou de modo muito prolongado e expirou todo o ar que tinha em seus pulmões de uma única vez. Após tanto sofrimento, ele sucumbiu ao redor de sua própria poça de sangue. Devido à noite tão turva, não pude perceber que o animal estava totalmente ensanguentado. Não foi preciso disparar nenhum tiro. Espero que ele encontre um caminho mais iluminado.

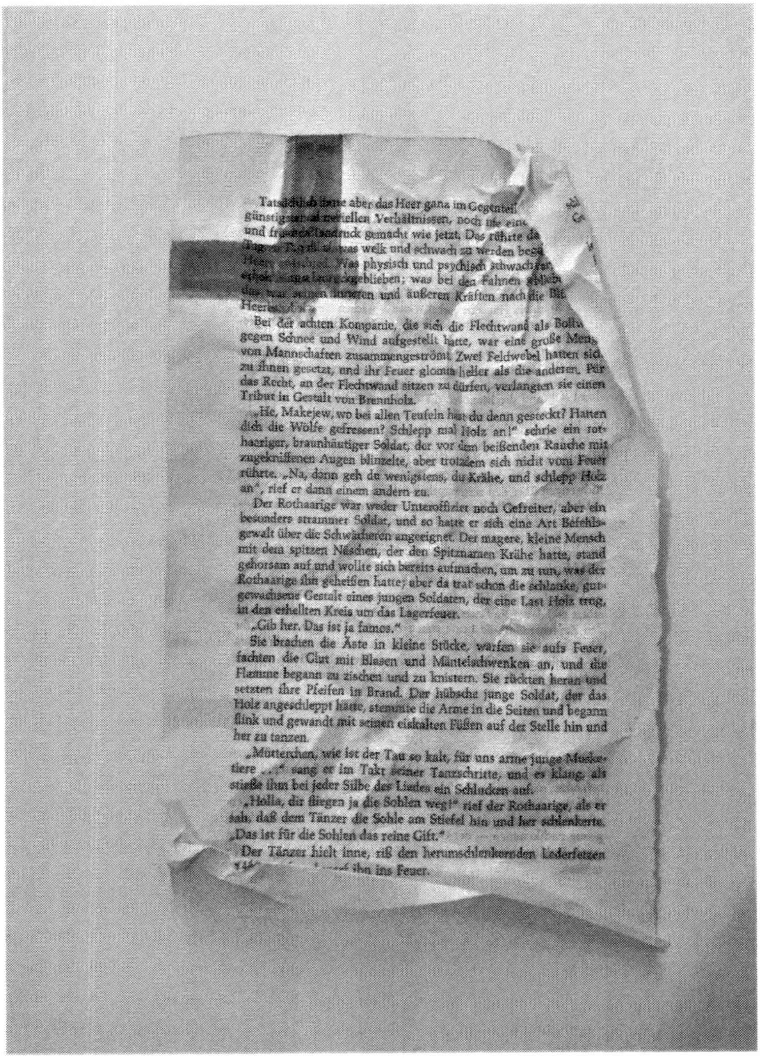
Bei der achten Kompanie, die sich die Flechtwand als
gegen Schnee und Wind aufgestellt hatte, war eine große
von Mannschaften zusammengeströmt. Zwei Feldwebel hatten sich
zu ihnen gesetzt, und ihr Feuer glomm heller als die anderen. Für
das Recht, an der Flechtwand sitzen zu dürfen, verlangten sie einen
Tribut in Gestalt von Brennholz.
„He, Makejew, wo bei allen Teufeln hast du denn gesteckt? Hatten
dich die Wölfe gefressen? Schlepp mal Holz an!“ schrie ein rot-
haariger, braunhäutiger Soldat, der vor dem beißenden Rauche mit
zugekniffenen Augen blinzelte, aber trotzdem sich nicht vom Feuer
rührte. „Na, dann geh du wenigstens, du Krähe, und schlepp Holz
an“, rief er dann einem andern zu.
Der Rothaarige war weder Unteroffizier noch Gefreiter, aber ein
besonders strammer Soldat, und so hatte er sich eine Art Befehls-
gewalt über die Schwächeren angeeignet. Der magere, kleine Mensch
mit dem spitzen Näschen, der den Spitznamen Krähe hatte, stand
gehorsam auf und wollte sich bereits aufmachen, um zu tun, was der
Rothaarige ihn geheißen hatte; aber da trat schon die schlanke, gut-
gewachsene Gestalt eines jungen Soldaten, der eine Last Holz trug,
in den erhellten Kreis um das Lagerfeuer.
„Gib her. Das ist ja famos.“
Sie brachen die Äste in kleine Stücke, warfen sie aufs Feuer,
fachten die Glut mit Blasen und Mäntelschwenken an, und die
Flamme begann zu zischen und zu knistern. Sie rückten heran und
setzten ihre Pfeifen in Brand. Der hübsche junge Soldat, der das
Holz angeschleppt hatte, stemmte die Arme in die Seiten und begann
flink und gewandt mit seinen eiskalten Füßen auf der Stelle hin und
her zu tanzen.
„Mütterchen, wie ist der Tau so kalt, für uns arme junge Muske-
tiere …!“ sang er im Takt seiner Tanzschritte, und es klang, als
stieße ihm bei jeder Silbe des Liedes ein Schlucken auf.
„Holla, dir fliegen ja die Sohlen weg!“ rief der Rothaarige, als er
sah, daß dem Tänzer die Sohle am Stiefel hin und her schlenkerte.
„Das ist für die Sohlen das reine Gift.“
Der Tänzer hielt inne, riß den herumschlenkernden Lederfetzen
ihn ins Feuer.

14
O LUGAR DO DESVIO

Juro por Deus que eu não acreditei que aquele homem estava falando comigo. Fiquei tão atordoada naquele instante. Informei-lhe meu número para que me ligasse em outra ocasião. Ele me mandou ficar quieta, dizendo que não teria tempo em outra hora. Esforçou-se de todas as maneiras para que eu não desligasse. Parecia nervoso demais. Reparei no seu sotaque. Inacreditável que um homem completamente estranho estivesse se comunicando comigo como se eu o conhecesse, sendo que, na verdade, não temos a menor intimidade. Ele foi logo me dando o endereço de uma casa em Regência Augusta. Deu-me uma dura advertência. Eu não deveria informar o seu paradeiro para ninguém, pois estava enfrentando alguns problemas. Era lá que ele estaria. *Ach was!* Por que ele confiaria em mim? Nesse ponto, tive a curiosidade de perguntar a razão de ele se refugiar. Mais uma vez, fui interrompida. Era eu quem não estava entendendo nada. Queria muito me ver pessoalmente. Inevitável não ser grosseira. Tentei manter a calma. Não deu certo. Deixei claro que havia detestado aquele tom. Eu não estava preparada para conversar com ele. Eu sabia do que se tratava. Não queria mais ouvi-lo. Agora eu não precisava aceitar mais nada. Ele tentou ligar outras vezes. Não atendi.

Ele foi incrivelmente insistente. Foi assim durante alguns meses. Depois, nunca mais tentou ligar. Nunca mais encontrei ligações perdidas, nem recados na caixa postal deixados na pensão, nem súplicas a qualquer um que o tivesse atendido. Confesso que perdi o sono durante muitas noites por causa desse contato tão abrupto. Quem o encontraria nessas condições? Que tipo de pessoa é essa que, de uma forma tão estúpida, vai à procura de alguém que ele nunca viu na vida?

Recuso me envolver nessa história. Tudo o que sabemos sobre esse sujeito está aqui. Sabia que por trás de toda aquela violenta linguagem havia algo para mim. Se ele chegou até este ponto, foi porque tinha algum imposto a me pagar. Eu não consigo pensar nesse homem de outra forma. Escrever algumas linhas sobre ele já é muito. Nunca considerei que ele merecesse nem mesmo isso. É tão difícil lidar com esse sentimento. Eu preferia não ter estabelecido nenhuma espécie de conexão com essa pessoa, mas agora não importa. *Es ist zu spät!*

Eu sempre quis saber sobre tudo o que não sabia a respeito de minha vida. Quando o homem desconhecido resolveu me procurar, algo me dizia que era melhor para mim ser livre da maneira que eu quisesse, sem correr o risco de me obrigar a conviver com quem eu não desejo manter relações. Posso estar sendo cruel, pois tudo que esteja imaginando talvez não seja realmente assim, ainda que ele tivesse me dado motivos suficientes para manter uma distância muito grande dele.

Eu não vou me arriscar em uma relação com alguém que nunca se importou com a minha existência, com a minha educação, com a minha solidão, com as minhas inseguranças de adolescente, com a violência de um mundo cruel. Hoje eu estou pronta para qualquer jornada. Embora eu continue pensando nesse homem indecifrável, não vai ser agora que vou me dobrar aos caprichos de quem, talvez, tenha se arrependido de algo que foi cometido no passado.

Lúcia era a pessoa com quem eu ficava à vontade para desabafar. Ela estava contente por trabalhar comigo no sebo. Agradeceu-me muito por ajudá-la a tomar um rumo diferente na vida. Seus dias eram um pesadelo naquela imobiliária. Eu lhe disse que ela era minha amiga. Ela me ajudou a mergulhar com afinco em nosso trabalho e também comentou que eu precisava me afastar das recordações daquela infeliz ligação.

Ach du liebe Zeit! Eu não preciso encontrar respostas para enigmas. Creio que os pensamentos evocam às vezes certas tempestades inesperadas. Não há explicações que possam preencher um vazio de implacáveis anos. Tantas aventuras eu já tinha vivido nas ruas de Vitória. Quantas pessoas estranhas já não passaram por mim nas ruas? Talvez já tenha me cruzado com esse mesmo homem em muitas ocasiões nessa cidade. Eu vivia no centro. O mundo é muito pequeno, como dizem.

Não desejava desvendar algo talvez assustador, para quem sempre foi órfã a vida inteira. Acontece que eu não podia imaginar que um dia eu estivesse descascando camadas não de cartazes e propagandas velhas de uma parede e, sim, de um passado tão consumido de desgraça. Não! Lúcia tinha razão. Precisava de um desvio que me levasse a ver novamente a graça e o sentido compreensível da vida. A intrepidez dos grafites, o encantamento dos livros. A sua empáfia também me encanta, Molly. Estamos precisando de suas palavras. Todas aquelas que você me disse durante tantas horas. Lembrei-me de algumas passagens. Não posso esquecê-las. Além de mim, deve haver muitas pessoas que também se reconheçam naquilo que você mesma diz. Você saltou de um livro tão robusto para que pudesse ser ouvida. Eu estou aqui, tentando ouvi-la. Desejo ser a sua porta-voz. Vou trazer as suas palavras para fora e deixá-las expostas para qualquer um. O sebo tinha uma frente muito pálida, com inexpressivas e esquálidas manchas de tinta branca envelhecida e um discreto letreiro para que as pessoas pudessem identificar o lugar sem dificuldades. Apliquei um estêncil sobre um limitado pedaço daquela fachada:

EU NÃO ESTOU NEM AÍ PRO QUE AS
PESSOAS DIZEM IA SER MUITO
MELHOR PRO MUNDO SER
GOVERNADO PELAS
MULHERES
DO MUNDO VOCÊ
NÃO IA VER
AS MULHERES
SAÍREM SE
MATANDO E
CHACINANDO

MOLLY
BLOOM

Você está me escutando, Molly? O dono do sebo também notou o meu interesse exagerado por livros. Ele inclusive me contou de seu fascínio pela literatura, o que motivou a abertura da loja em Vitória. Uma vez ele passou uma tarde inteira me explicando o que significava tal palavra: sebo. Segundo ele, não há uma versão oficial sobre o nascimento do termo. Para alguns alfarrabistas, as luzes das velas, no tempo em que ainda não havia iluminação elétrica, acabavam por sujar os livros, deixando-os engordurados quando a cera começava a derreter. Outros dizem que intelectuais ávidos pelas mais diversas leituras manuseavam os livros constantemente e os carregavam debaixo do braço para qualquer lugar, ensebando-os com a gordura do corpo. Para dicionaristas e pesquisadores de palavras, sebo é um vocábulo derivado de "sapiente", pois ler também significa adquirir sabedoria e erudição ou tornar-se alguém sábio. O senhor continuou falando sobre a gênese do sebo, sempre relacionando a origem dessa palavra com outras histórias.

O que significa ser uma pessoa sábia em nosso país? *Ach Gott!* Eu me considerava uma mulher que tinha muito conhecimento. Estudei durante longos anos latim e alemão. Eu tinha muita noção de que conhecer línguas poderia abrir muitas portas, porém ser uma pessoa sábia em nosso país é ocupar o lugar do desvio. Sobretudo por ser mulher. Pesquisadoras, cientistas, professoras, todas as mulheres que pensam em nosso país são constantemente sabotadas. Estar no desvio é fazer uso de um espaço opressor e de visibilidade limitada, desprezada, mas também é uma zona de resistência, onde todas nós reestabelecemos, de modo corajosamente libertador, as forças exauridas no cotidiano.

Desejo desbravar todos os textos do mundo. Muitos devem não entender o que eu estaria fazendo em um sebo, manuseando páginas sujas e emboloradas. Os ácaros seguem os movimentos dos meus dedos. Não os vejo, mas sei que estão à espreita. Isso também era outro ponto fora da curva. Ignoro-os por completo e sigo adiante. Fiz uma lista extensa de leituras que gostaria de fazer. Não tinha pressa. Às vezes pedia ao dono do sebo para dormir lá. Ele dizia para eu levar os livros emprestados. Não havia necessidade de pernoitar no sebo. Todavia, gostava do ambiente em que os livros estavam cuidadosamente acomodados, gostava do cheiro de papel guardado que exalava das obras, gostava da maciez do silêncio daquela atmosfera em estado catalogado de sapiência. O sebo era o meu atalho para o mundo imaginário.

Molly, você me traz sempre para o mundo dos livros. Comigo, você tem vida própria. Vive me dizendo que os livros respiram e apresentam inclusive batimentos cardíacos. Há um universo vivo suspenso nas páginas lidas pelos leitores. Se eu precisasse pensar em um desvio para fugir dos vazios relacionados aos mistérios da minha vida, esse desencaminhamento tinha de ser feito através dos meus grafites, das minhas palavras e da minha própria luta. Molly, eu acabei de fixar frases suas em uma parede. Eu não sou tola. O que vai mudar se você me disser quem eu pensava que tinha escrito todas aquelas palavras? *Ach was!* Eu não me importo com isso! O que vale é a maneira como eu as leio e elas pertencem a você, e você me acompanha, e você também pertence a mim tanto quanto suas palavras! Além disso, preciso dizer que não tem sido fácil traduzir o que penso. Meu Deus, a trajetória sinuosa que faço nestas páginas é o meu principal desvio. Eu só pude chegar a esse ponto porque me debrucei nos relatos de dois homens idênticos. Esses textos me deram todos os motivos para escrever, não por causa de nenhum despreparo com a escrita, mas porque as histórias deles não valem nada sem a versão dos fatos determinada através do meu próprio ponto de vista.

No final do expediente, começou a chover muito forte, inundando várias ruas de Vitória. Seria arriscado sair com aquele dilúvio sendo despejado na cidade. Antes de isso acontecer, Lúcia saíra para entregar algumas encomendas e, depois de entregues os pedidos para os clientes mais assíduos do sebo, ela poderia ir embora. Certamente deve ter se livrado da chuvarada a tempo. Havia goteiras no teto da loja. Dessa vez, pude passar a noite lá, a pedido de meu chefe, que me deu a tarefa de retirar alguns livros da estante, expostos à água da chuva que não parava de escorrer pelas fendas do telhado. Seriam horas extras a serem pagas por ele, como fazia questão de avisar quando eventualmente era necessário permanecer um tempo a mais do horário normal de trabalho. Desci a grade de entrada da loja com segurança. Tranquei todas as portas e janelas e conferi o estado do sofá espaçoso utilizado por clientes enquanto folheiam as páginas dos livros que lhe chamam mais a atenção.

A tarefa de salvar os livros das goteiras não foi fácil. Muitas obras poderiam ser danificadas pela umidade. Tudo culpa de algumas telhas quebradas. Demorei algumas horas até me certificar de que não havia mais nenhum livro sujeito a ficar encharcado de água.

Fiquei exausta. Deitei-me no sofá. Meu corpo estava cansado, mas a minha cabeça continuava desperta.

Eu estava com fome. Meu estômago roncava. De onde vieram essas maçãs, Molly? Vamos comê-las no sofá! Não tinha o menor sono. Você foi em direção às estantes e encheu os braços de livros, trazendo-os abraçados contra o peito. Largou uma pilha de obras em cima do sofá, dizendo-me que aquelas obras lhe despertavam muito espanto e inquietações. Você estava com a imaginação solta. Escolheu um dos livros e tomou-o nas mãos. Não se sentia intrigada por causa dos romances. O que aguçava a sua curiosidade era imaginar como algumas personagens agiriam se fossem pessoas como eu, vivendo da maneira como eu vivo, sendo da forma como eu sou. Uma pessoa da minha natureza. Quantas indagações, Molly! Então, comente sobre como reagiria Anna Kariênina se ela fosse uma rica jovem russa de nossa sociedade moderna. Vronsky jamais seria o seu único amante. Ela poderia ter muitos amores. Talvez não precisasse mesmo se divorciar de seu marido, que poderia ter tantas outras mulheres. Você repara muito na situação de Anna Kariênina com pesar. Que desperdício de energia aqueles ciúmes doentios, apesar de ser admirável ela não ser submissa ao conde! Que tirasse aquele pincenê antiquado de cima do nariz e parasse de olhar as horas no relógio a todo momento! Jogar-se por debaixo dos vagões de um trem já era demais. Que solução estapafúrdia! Um oficial de cavalaria jamais entenderia os apelos de uma mulher apaixonada!

Folheemos outra obra. Se Clarissa Dalloway fosse uma senhora da alta sociedade inglesa no mundo de hoje, e não numa manhã de junho de 1923, o que seria diferente? Você mesma se uniu a Leopold Bloom por semelhantes razões, mas Clarissa, mesmo casada com Richard Dalloway, também poderia viver suas aventuras com Peter Walsh ou Sally Seton. Até mesmo com os dois. Por que não? *Ach Gott!* Como podemos ainda fazer parte de uma sociedade em que esse tipo de relação ainda é um tabu? Apanhe outro livro, Molly. Só mais um. Estou ficando com sono.

Você não mede esforços para defender o amor. Agora você estranha a fragilidade de Catherine Earnshaw. Não consegue concordar com as decisões dela. Afastar-se de Heathcliff era um disparate! Catherine seria uma mulher romântica em nosso tempo. Com ela, você hesita em dizer se ela seria capaz de estar casada com Edgar Linton e, ao mesmo tempo, ser amante de Heathcliff. Será que valia a pena morrer sufocada de emoções tão mórbidas como Anna Kariênina? Tantas paixões avassaladoras e tanta infelicidade. Molly, devido à hora já muito adiantada, por mim, já basta de tantas suposições. Mesmo não respeitando nem um pouco o meu cansaço, você teima em apontar com o dedo para o derradeiro romance que ainda quis comentar, mas preciso interrompê-la.

Já é o suficiente, Molly. Para encerrar o assunto e tentar dormir em paz, devo lembrá-la que somente eu tenho o controle desta situação. Entre duas mulheres chamadas Marion, a que determina o ponto final dessa história é aquela que vive no mundo real. Sou eu mesma! Fim! Todas essas leituras, todos esses ângulos prováveis de interpretação, nenhuma dessas análises reduzirá aquilo que somos! Nada pode nos explicar. Eu já sei que, em muitas peças teatrais, as mulheres têm o destino predestinado para morrerem de desgosto, eu já sei que, em muitas novelas, as mulheres ficam arrependidas de seus atos, eu já sei que, em muitos romances, as mulheres sofrem em silêncio. Minha Nossa Senhora! Tudo mudou quando resolvemos adotar a rota do desvio que causa ruídos no universo daqueles que preferem nos sentenciar sempre como culpadas em vez de nos deixarem com a consciência em paz! Molly, não há necessidade alguma de ser tão enfática, eu realmente sei do que você está falando, apesar de nossas vivências serem muito discrepantes. Eu não sou fraca, como você mesma disse antes. Para encerrar todo esse falatório, seria melhor que todas as mulheres fossem fortes e iluminadas como Blimunda Sete-Luas, que via na escuridão todas as pessoas de dentro para fora. Você nunca se contentou em ser o peixe de um porto de vidro, pois se dispôs a enfrentar as tempestades do século. Está aqui comigo. "Oh e o mar carmim às vezes como fogo e os poentes gloriosos e as figueiras nos jardins da Alameda sim todas as estranhas vielas", afinal, não podemos controlar nossos pensamentos. Você está disposta a se embrenhar por caminhos até mesmo desconhecidos. A vida é muito estranha, e ninguém melhor do que nós para saber olhar para dentro da escuridão e ter a consciência de uma realidade tão dura e selvagem, observada de maneira tão sensível através de nossos pontos de vista.

Pode ir, Molly. Eu também me despeço de você. Eu não estava desconfortável com a sua presença, mas sei pensar por conta própria. Prometa que talvez um dia retorne. Espero que não se enfurne para sempre no interior das páginas daquele livro tão descomunal. Estava quase amanhecendo no sebo. Acordei com o corpo dolorido. Dentro de poucas horas, a loja vai abrir as suas portas. Havia alguns livros precisando de reparos em cima do balcão. Peguei-os para consertar enquanto o sol ia timidamente aparecendo no horizonte, devolvendo-nos a rotina diária das pessoas que trabalham para poderem sobreviver neste mundo cão. Assim que a loja foi aberta, uma mulher de meia idade entra no local, perguntando ao meu chefe se lá trabalhava alguém chamada Marion. Era eu mesma. Deduzi que fosse alguma cliente querendo ser atendida por mim. A senhora que chegou ao sebo na primeira hora da manhã estava de frente para as estantes de livros. Parada em pé, virada de costas para mim, folheando as páginas de uma obra de Fernando Pessoa. Quando a cumprimentei, ela, ainda de costas, demonstrou um certo pânico, encolhendo o pescoço nos ombros. Baixou suavemente a cabeça. Em poucos segundos, ela se vira com os olhos lacrimejados e me saúda, estendendo o braço para um aperto de mãos.

V FRAGMENTO DE JANO

AQUELE QUE FOI ANTES DO IRMÃO PARA REGÊNCIA AUGUSTA

15
NÃO ESCOLHO CAMINHOS

Estou refugiado em Regência Augusta. Habito uma velha casa nesta vila de pescadores. Foz do Rio Doce. Abandonei os problemas em Vitória. Viver sob a vigilância da mãe era ruim. Espero por você, irmão. Não sei até quando devo lhe aguardar. Havia dito que o passado estava enterrado. Parece que tudo o que já me aconteceu antes está voltando à tona. Meu ex-colega de oficina estava comigo. Me revelou que também o chamavam de Null. Seu ferimento havia desaparecido. Ele me contou que não estava ferido. Não lembro desse momento. Não sei explicar como ele veio parar nesse lugar comigo. Ele deveria estar morto em uma beira de estrada. Ele me fazia companhia agora. Eu me sentia sozinho. Tudo parecia ser muito confuso.

Corrosiva sensação de vazio. Olho ao redor e não me sinto acolhido. Era necessário levar o homem para um hospital. Havia um sério sangramento em seu abdome. Eu poderia explicar à polícia o que tinha acontecido. Contaria tudo o que sabia a respeito do sujeito procurado. Diria que tudo não havia passado de um simples mal-entendido. Eu correria riscos de alguma forma. Voltaria para a prisão. Recém tinha conquistado a liberdade. Levei a sério as hipóteses. O lugar onde estava me chamava a atenção. Apreciei o sossego da casa e da vila. Eu me sentia muito estranho. Estava espantado. Estar aqui era como se eu estivesse fora da minha realidade. Nunca fui a lugares bucólicos. A dimensão expressiva da natureza ao redor de mim. Sou um homem criado em uma selva de pedra. O homem que me acompanhava apontou para a mesa na sala da casa. Percebi que em cima do móvel havia canetas. Alguns papéis em branco. Ele me falou que eu deveria escrever sobre a minha vida. Notou que eu estava arredio. Era um êxito ter saído de Vitória. Nos sentamos à mesa. Ficamos frente a frente. Me olhei no espelho mais uma vez. Não sabia se via a imagem do meu rosto. Talvez fosse a face dele sendo refletida. Permaneci indeciso.

A mãe deveria estar preocupada por eu não estar em casa. A prostituta do Parque Moscoso, a travesti colombiana, meu antigo patrão assassinado. Todos eles deveriam estar sabendo do meu repentino desaparecimento. A única pessoa que sabia onde eu estava era você. Você que veio de Lisboa em busca de nossa mãe.

"Escreva", diz Null, esse sujeito que não sei se realmente está aqui. Me apontou as canetas em cima da mesa. Decidi relatar tudo o que já pude expor nas páginas anteriores. Só não sei como vou te dizer o que ainda não tive coragem de revelar. Adotei a alternativa de rascunhar algo a meu respeito nestes papéis. Também tive a curiosidade de conhecer o vilarejo. Precisava sair deste espaço por algumas horas. Não queria que vissem o meu rosto. Ser reconhecido por alguém poderia trazer problemas. Coloquei um chapéu de pescador pendurado na parede da casa e saí. Fui em direção à praça da vila. Ao chegar lá, me deparo com o busto de uma figura notória da região. Também vi um cartaz desbotado suspenso em um poste. Ornado com fitas coloridas. Era a propaganda de um evento. Um pescador que passava de bicicleta notou a minha curiosidade. Foi logo dizendo que a festa já tinha acontecido. Foi no ano passado. Tratava-se de uma festa que reúne muitos grupos folclóricos. Percebeu que eu não era de lá. Avisei que estava de passagem. Disse que gostava de pescar. O pescador falou que estávamos em um lugar muito calmo. Dava muito peixe no rio. Pescavam cação, arraia, robalo, bagre, pescada. A pesca era boa. Além disso, esclareceu o nome da festa. Caboclo Bernardo foi um pescador como ele. Salvou centenas de marinheiros em uma noite de tempestade. Tormento de fazer navios naufragarem. Foi nos tempos do Império. Ganhou medalha de ouro da Princesa Isabel. Todo ano acontece essa festa.

O pescador foi muito gentil. Ele ainda me falou da Reserva Biológica de Comboios. Tinha ninhos de tartarugas na praia. Desconfio de que ele tenha ficado um pouco cismado comigo. Talvez ninguém aparecesse assim. Apareci em meio ao que sobrou da festa. Cartazes, fitas coloridas e silêncio. Ao fundo, o barulho forte das ondas da boca do rio de encontro com o mar aberto. Caminhei em direção à foz dessas águas.

Vi pessoas surfando na praia. Mais adiante, algumas ilhas fluviais. Próximas à foz do rio. Fiquei sentado à beira-mar. Permaneci ali. Calado. Observei aquelas águas turbulentas. O movimento dos surfistas em suas pranchas. Muitos já estavam saindo das águas. Começava a acabar o dia. Me mantive sozinho diante daquele mar instável. Rendido à força da natureza revolta do oceano. Toda aquela imensidão infinita me mostrava o peso enfadonho da incerteza. Precisava suportar esse peso. Me tornei refém dos transtornos já relatados antes. Estou tendo tempo de sobra para avaliar as minhas atitudes. Pensar em uma possibilidade de fugir de tudo o que tinha me acontecido. Lidar com as consequências de estar presente em Regência Augusta. Não desejava passar nem mais um dia sequer aprisionado. O mar profundo ampliava o meu olhar estarrecido. Eu olhava perdidamente para dentro de mim mesmo.

Ao perceber a chegada do anoitecer, resolvi retornar. O caminho de areia me conduzia para as habitações da vila. Me deparei com uma mulher de longos cabelos aloirados. Trajes simples. Carregava um pequeno balaio com frutas. Ela era jovem, mas tinha o rosto do tempo. Fumava um cigarro de palha. Pôs a mão em meu peito. Olhava fundo nos meus olhos. Prestes a dizer algo.

Ela me perguntou se eu já tinha visto uma coruja-buraqueira. Se eu já tinha escutado o pio desse pássaro que cava buracos na terra para se aninhar. Para proteger os filhotes. Essas corujas aparecem em qualquer hora do dia. No entanto, preferem surgir no crepúsculo. Devoram mariposas, besouros, grilos, gafanhotos, aranhas, escorpiões. Enxergam melhor que muito homem sabido. Têm uma audição surpreendente. Identificam, caçam e matam suas presas com uma precisão fora do comum. A dúvida daquela mulher era se, naquele momento, eu era uma presa ou uma dessas aves de rapina. Algo lhe dizia que eu tinha me abrigado na vila como uma coruja-buraqueira. Daquelas que cavam um buraco para se ocultar da luz do sol. Também parecia estar vulnerável demais. As emboscadas dos animais da restinga eram certeiras. Sentia que eu estava em apuros. Ninguém vai até a calmaria da foz do rio para sair de lá com um semblante aflito. Eu procurava uma resposta na rebentação das ondas. Me preparava para o desfecho de uma enrascada. No entanto, eu devia tomar muito cuidado. Eu ainda precisava fazer uma escolha. Só depois de ter me decidido é que eles vão aparecer aqui. Pessoas da minha família. Eles virão até onde eu estava. Talvez não possam me encontrar mais. É tudo uma questão de ser presa ou coruja-buraqueira. Espero por você que é meu irmão. Não imagino quem possa ser a segunda pessoa. A nossa mãe não poderia ser. Saberá em breve a razão de não ser ela. Eu tinha manchas de sangue incrustadas por baixo das unhas. A mulher queria saber se eu ocultava cadáveres em buracos de aves de rapina. A minha história é de violência. Ela me falou que eu sou um homem agressivo. Eu estava com muito medo. O medo do futuro. Eu nunca pensei nisso. Não tinha ideia do que estava para acontecer comigo. Há muito tempo que não consigo ter uma vida normal. Também fazia tempo que não me alimento como deveria. Eu parecia estar morrendo de fome. A mulher disse para eu pegar uma fruta do seu balaio. Era jambo-vermelho. Eu podia experimentar. Falou para ir em frente. Apanhar a pequena fruta. Morder.

Nunca tinha ouvido tantos absurdos. Percebi o sotaque português. Aquela maneira de falar. Levamos isso para qualquer lugar. A pronúncia é uma identidade. Acredito que ela viva aqui há muitos anos. O modo de falar pouco se enfraquece. Recusei a fruta que estava em sua mão. Fiz um movimento brusco. Derrubei sem querer a fruta no chão com uma leve bofetada. A fruta avermelhada despencou no chão. Saí correndo. Ouvi sua gargalhada ao fundo. Era risível sair às pressas. Era covardia e falta de educação também.

Ignorei completamente a zombaria. Não entendi nada do que ela me disse. Acredito que vivo em um pesadelo. Tudo isso que já relatei é desconfortável. Ainda preciso contar o que aconteceu com a mãe. Você não sabe de nada. Eu saí da prisão há poucos dias. Estava muito longe de casa. Não sei se realmente estou longe de casa. Eu não sei onde estou. Só sei que encontrei você no centro de Vitória. Estava em apuros com a polícia. Exigiu que eu viesse para esta vila de pescadores.

Corri até um certo ponto da vila. Pude ver um pequeno farol no povoado. Sentia muito calor no corpo. Estava cansado demais. Não queria voltar tão cedo para aquela casa. Aquele velho colega de trabalho devia estar lá. Eu não queria mais ver Null. Não poderia mais encontrar aquele cara. Regência Augusta é um lugarejo muito pequeno. Vegetação rasteira. Estradas de chão batido. Eu estava faminto mesmo. A noite se aproximava. Ouvi o pio de algumas corujas. Havia o silêncio absoluto da vila. Me sentei num banco de praça. Em frente a uma grande árvore. Os galhos cobriam o céu escuro e sem estrelas. Adormeci como um corpo exausto que se rende ao sono. Bastava de aventuras em um lugar desconhecido. O sono foi profundo. A mulher reaparece. Ela sopra uma poeira esbranquiçada em meus olhos. Segura minhas mãos. Pede que eu a acompanhe até a sua casa. Me submeti a um estado hipnótico. Ela pede para que eu vista um traje branco. Depois, me deitei em uma cama. Observo tudo. Ela prepara uma infusão de ervas. Usava um fogão a lenha. Fazia uma bebida para eu beber. Caminha devagar em minha direção. Estende a mão trêmula com uma caneca de beberagem. Era para beber sem receio. Dessa vez aceitei. Ela começou a falar muito. Não entendia que idioma era aquele. Sorvi o último gole daquele elixir. Fiquei calado, ouvindo aquela mulher.

Ela tinha vindo de Évora. Estava vivendo há muito tempo no Espírito Santo. Ela veio de uma cidade onde há um famigerado templo romano. Nesse lugar se cultuava deuses pagãos. Nunca ouvi nada a respeito. Era novidade. Ela falou de lendas mouras. Histórias que envolviam magos do Oriente. Ela pertence a essa cidade. Disse que era uma mulher oracular. Daquelas que surgem e ressurgem de tempos em tempos. Me avisou que no mundo existem muitas semelhantes a ela. Não se importava de ser chamada de bruxa. Elas são como as antigas profetisas gregas. Deram-lhe o nome de Sibila. Era a sétima filha de uma família só de mulheres. Conhecia o destino de qualquer homem. Eu estava diante dela. Era preciso preparar a minha saída. A saída para a luz do dia. Me envolvia em um estranho ritual de transição. Fui preparado por ela. A mulher nasceu com essa curiosa intuição. Conhecedora dos mistérios sagrados. Não era para sentir medo. Ela cultivava certezas. Jamais morreremos se a alma for pura. Todos devem seguir o caminho do sol. Um velho sacerdote vindo do Cairo lhe passou os ensinamentos. Foi doutrinada ainda criança quando estava em Évora. Teve suas lições com ele. Aprendeu a fazer feitiços. Conhecia as litanias egípcias. Havia chegado a hora. Ela trouxe um amuleto vermelho. Evocou o nome de uma deusa. Divindade com sangue, poder e magia. Uma entidade de forças extraordinárias. A bruxa de Évora pediu para a deusa me proteger. Eu era um homem impuro. De nada serviria nenhum talismã. Tenho um histórico ruim. Estava próximo das maldades humanas. A evocação continuava. Era espantoso. Ela fazia preces estranhas. Chamava entidades do mundo subterrâneo. Meu coração não era mais leve que a pena de uma ave. Estava entregue ao mensageiro que paira entre o céu e o inferno. Ele devia pesar o órgão. Não haveria passagem para outra dimensão. Tudo vai acabar quando eu morrer. O direito à vida eterna é só uma abstração. A mulher não parecia estar no mesmo tempo que eu. Suplicava pela benevolência das almas. Procurou em mim algo que fosse bom. Insistia em fazer rezas. Tentava afastar maus espíritos. Afugentava a serpente que estava devorando a minha memória. Fez tudo o que pôde para pregar o ensinamento dos livros sagrados. Expulsou pesadelos. Era preciso encontrar a saída para a luz. Eu não sabia que rumo tomar. Estava vivo. Tinha certeza de que não estava morto. A bruxa disse que a morte não existe.

Acordei aos berros. Estava no banco da praça onde tinha adormecido. Foi lá que caí naquele sono agitado. Estava completamente suado. Havia um amuleto vermelho em minha mão. Tinha a forma estranha de um nó. Era alguma espécie de símbolo. Desconheço o significado. Nunca tive um pesadelo tão bizarro. Eu não sabia mais o que era real. Não seria capaz de desmascarar a ilusão. Não faria diferença ter consumido qualquer alucinógeno. Meu estado de perturbação é permanente. Tudo parece ser insólito. Tudo é muito nauseante. As circunstâncias são tão obscuras. Tudo permanece assustadoramente silencioso. A madrugada sombria. Não escolho caminhos. Sou empurrado pelo destino. Sigo trilhos inconsistentes. A escuridão apaga o sentido das palavras. Eu não sei escolher nada. Talvez nem pareça ser verdadeira toda essa história. Você vai ler e desconfio que não acredite em tudo que resolvi contar. Ainda que seja meu irmão, isso não o impede de duvidar de cada palavra escrita. Você pode pensar que só existe apenas um Jano. Nenhum outro homem igual a você, vivo ou morto. Nenhuma bruxa. Nenhuma habitação secreta. Nenhuma vila. Isso aconteceu há poucos dias. Você deve estar se recuperando no hospital. Não sei quanto tempo ainda vai demorar. Pode ser que tudo isso não passe de um devaneio mesmo. Decerto eu esteja tendo todas essas visões medonhas. É um mistério o que se sonha enquanto dormimos. Isso não pode estar acontecendo. Não pude acreditar que saí de uma prisão e vim parar neste povoado. Eu tenho muitas perguntas. Nem sequer consigo responder. Estou muito confuso. A sensação é de muita angústia. Ao mesmo tempo, sentia um certo alívio. Estava tão longe de tudo. A tranquilidade da vila é um consolo.

Não estava distante da casa onde eu estava. As dimensões de Regência Augusta são bastante pequenas. Desejava retornar para a habitação. Não queria mais ver aquele homem que não estava mais com a roupa manchada de sangue. Não pretendia voltar. Noto que ainda o vejo. Estava sentado em frente aos papéis. Pediu que eu continuasse a escrever. A gente estava preso um ao outro. Tinha muito o que dizer.

Null agora me acompanha e não sei o que fazer. Talvez ele seja uma espécie de mensageiro. Pode ser que seja mais um sonho esquisito. Vivo momentos de revolta. Vem à tona o estado de choque. Diante da mãe era muito pior. Você quer tanto saber dela. Minha última divergência com ela foi quando saí de casa para nunca mais voltar.

VI FRAGMENTO DE JANO

AQUELE QUE SOFREU UM ACIDENTE EM LISBOA

16
DUAS FOTOGRAFIAS

Jano, eu tomei muito cuidado para chegar a Regência Augusta sem chamar a atenção dos moradores da vila. Através do teu relato, constatei que havia muito mais coincidências a respeito da história de nossas vidas do que poderia imaginar. Tu vivias com a nossa mãe, foste criado por ela, mas eu desconhecia completamente a minha progenitora. O que lembro a respeito da pessoa que me colocou neste mundo é apenas a foto que meu pai certa vez resolveu mostrar-me. Coincidentemente, em meio aos teus papéis, vejo uma carta, um fragmento de roteiro fílmico e uma fotografia com a imagem de uma mulher idêntica àquela da outra foto, emersa da memória, com a face de nossa mãe. As peculiaridades apresentadas na carta sobre o homem abandonado no passado casualmente correspondem às características de alguém que conheço demais: meu pai. Assim, a mulher que escreveu aquela carta nunca entregue ao seu destinatário só pode ser a minha mãe. Não tinha dúvidas. Com essas peças soltas de um quebra-cabeças incompleto, descubro que tu és meu irmão. Eu poderia disparar uma bala no meio do teu peito. Não te preocupes, Jano. Eu não farei isso porque todas essas notícias mudam tudo o que tinha planejado. Eu fui o filho rejeitado e tu foste o descendente desejado. Depois de tudo que li até agora sobre ti, posso compreender os motivos. Viemos do mesmo ventre, mas tivemos destinos completamente diferentes. De alguma forma, essa mulher vive entre nós. Por sinal, nossos rostos são parecidos com o dela na foto que tu trouxeste quando decidiste conhecer a casa de nosso pai neste vilarejo. Imagino que tenhas trazido essas lembranças para me mostrar. Talvez pensaste também que teu pai fora outro. Eu não sei qual versão dos factos Cassandra apresentou-te.

Nosso prezado pai foi uma pessoa muito estudiosa e culta. Era frequentador assíduo de bibliotecas. Médico apaixonado por artes e mitologia greco-romana, admirava a vida em todas as suas dimensões. Assistia a peças de teatro e ia ao cinema seguidamente. Circulava no meio artístico lisboeta. Conhecia alguns artistas. Um dia soube através de minha tia que, antes de ter essa vida, ele apaixonou-se por uma atriz na juventude quando ainda morava no Brasil. Eles gostavam de passar os momentos juntos nesta vila de pescadores. Em determinada ocasião, nossa mãe engravidou de nós. Pretendiam ir embora para Portugal, mas, durante uma última visita no vilarejo de Regência Augusta, a bolsa de nossa mãe estourou e ela teve de parir na assoalhada escura desta choupana. Não ouso entrar no cômodo. Depois de alguns dias, eles viajaram. Nosso pai tinha recebido uma oferta de trabalho em um hospital de Lisboa. Parte da família dele também morava lá.

Os dois casaram-se, mas romperam com a relação nos primeiros anos de casamento. Nossa mãe tinha dois filhos de colo nos braços. Tu nasceste debilitado, eu nasci bué saudável. Nossa mãe entregou-me para ser cuidado pela minha tia que se encarregou de proteger-me durante toda a infância. Às vezes, nosso magnífico pai visitava-me. Ele sempre me dizia que em determinado momento eu iria morar na casa dele. Parecia que ele tinha resolvido deixar de ser egoísta quando surgia para me fazer uma rápida visita. Quando eu estava na adolescência, ele decidiu buscar-me. Percebi claramente que ele não gostava de mim. Lembro de chorar por causa dessa mudança. Eu não queria ir embora da casa de minha tia. Minha relação com nosso tão estimável pai sempre foi tensa, Jano. Notei que ele tinha costumes extravagantes. Passava boa parte do tempo a trabalhar no hospital. Havia milhares de livros por todos os cantos de sua residência. Alguns estavam empilhados no chão, pois nem cabiam mais nas estantes.

Apesar de o meu pai ser uma pessoa tão ilustre no meio acadêmico e interessado por todos os eventos culturais da cidade, ele tinha suas fraquezas emocionais à flor da pele. Ele insistia para eu acompanhá-lo para assistirmos a apresentações teatrais e a filmes em salas de cinema. Eu era obrigado a fazer-lhe companhia. Uma vez, durante a noite, após a sessão de cinema, ele quis passar em uma taverna para beber vinho. Fiquei surpreendido com a atitude, nunca soube que ele gostava de beber. Estava de folga do plantão no hospital. Nunca ouvi nada sobre esse hábito em nossa família. Depois de ingerir tantas garrafas de vinho, ele decidiu voltar para casa. Ele estava a dirigir um carro. Com aquela embriaguez, corríamos o risco de sofrer um acidente. Tentei avisá-lo de que ele não tinha condições de dirigir, porém fui ignorado. Além disso, ele resmungou o trajeto inteiro que ninguém teria o direito de opinar nada sobre a sua conduta. Ele desviava dos carros, em alta velocidade, e eu estava a prever um desastre a qualquer momento. Não me pude controlar naquela situação. Cada segundo dentro daquele automóvel era uma eternidade infernal. Nosso querido pai iria perder o comando do volante. Nós iríamos capotar o carro e morrer. Era inevitável o descontrole e só me restava gritar. Os berros assustaram-no, e ele colocou uma das mãos no meu pescoço e começou a apertá-lo com força. Ele estava a estrangular-me. Antes que isso fosse acontecer, pus a mão na maçaneta da porta do carro, empurrei o corpo dele para trás e, neste instante, ele perdeu o controle da direção enquanto eu saltava do veículo em alta velocidade.

Acordei no hospital, com muitas escoriações na pele. Fui arremessado contra um muro de concreto. Meu rosto se espatifou quando colidiu no bloco de cimento. Estava com a face toda deformada. Os médicos avisaram-me que meu pai tinha batido o carro e encontrava-se em coma. Ele permaneceu dessa forma por seis meses. Culpei-o imenso por causa disso. Eu nunca mais saí de casa depois do acidente. Eu parecia um monstro. Fiz milhares de cirurgias para reconstituir o meu rosto. Nessa época, descobri a heroína e os redutos de prostituição. Nosso atencioso pai resolvia com dinheiro o remorso que estava a sentir. Pagava-me tudo. Ele sabia que eu jamais iria perdoá-lo por ter destruído minha face. Certa vez, ele prometeu que iria reverter a situação. Alguns dos médicos que trabalhavam com ele no hospital estudaram o caso e pediram para marcar mais uma de tantas cirurgias que já tinha feito na juventude. Assim, chegou o momento em que fui parar em uma sala de operações cirúrgicas para que pudessem terminar de reconstruir o meu rosto. O procedimento foi feito sem grandes complicações e a minha recuperação ocorreu lentamente. Depois de vários dias, fui ao hospital para retirar as talas que cobriam a minha face. Nesse momento tive uma surpresa bué desagradável. Para que eu não ficasse parecido com ele, nosso adorável pai sugeriu aos cirurgiões o perfil de uma pessoa muito familiar. Meu rosto esfacelado tinha ficado parecido com o de Cassandra, uma pessoa que não reconheço nem mesmo como mãe. Minha face agora estava semelhante a dessa mulher. Quando nosso estimado pai viu o resultado, mostrou-me a foto de minha mãe. Um rosto que nunca tinha visto em toda a minha juventude. Somos parecidos com a nossa mãe, Jano.

Tentei realizar vários tratamentos estéticos para amenizar a semelhança com essa mulher, mas os médicos aconselharam-me a manter as feições do rosto do modo como foram concebidas, pois poderiam ocorrer complicações maiores e talvez voltaria a ter uma aparência deformada. Meu pai nem sequer me perguntou qual aparência eu gostaria de ter. As decisões dele foram intransigentes e abusivas. Meus tios já estavam a par desses tristes acontecimentos. Nessa época, eles procuraram desviar os meus pensamentos dessa grande frustração que ainda estou a suportar. Foram eles que me ensinaram a atirar com armas de fogo e, assim, pude canalizar toda a minha raiva nesse mórbido passatempo.

Mesmo que não tivesse mais o meu semblante horrivelmente desfigurado, as pessoas riam de mim nas ruas. Em qualquer lugar que eu estivesse, sempre havia alguém para me ridicularizar. Passei anos de minha vida a lidar com todo o tipo de canalhice que faziam comigo. Eu não me sentia confortável em nenhum lugar por ter o rosto que ainda tenho. Deixei a barba crescer para não ouvir mais anedotas.

Desconfiado do comportamento suspeito que resolvi adotar nessa fase da vida, talvez assustado por eu estar envolvido com prazeres ilícitos, meu pai questionou a minha conduta, como se eu estivesse a causar-lhe um grande transtorno. Quem precisava dar-me explicações era ele. Muitas perguntas não foram respondidas. A começar pela obsessão com o rosto de minha desconhecida mãe. Eu percebi que ele talvez estivesse a usar-me para amenizar a ausência daquela mulher. Apesar de ter encontrado uma provável razão para ele tomar a decisão de modificar a fisionomia de uma pessoa, não me poderia conformar com tal justificativa. Isso interferia até mesmo na minha sexualidade. Não havia um dia sequer que ficasse livre das insinuações maldosas e indecentes de quaisquer pessoas que cruzavam o meu caminho. Perguntei ao meu pai se ele já tinha passado por situação semelhante porque talvez ele não soubesse o que era ser julgado pelos outros de uma forma tão abusiva e intolerante. Fiz questão inclusive de deixar bem claro que ele era o único culpado por toda a situação tramada. Ele não alimentava discussões. Ficava a ouvir pacientemente em silêncio e, depois de eu esbravejar prolongadamente, ele virava as costas e afastava-se de mim.

Uma vez, nosso pai bateu à porta de meu quarto e pediu para conversar. Deixou em cima da minha cama um livro sobre mitologia greco-romana. Falou da importância dos mitos. Quis contar a história de Tirésias, uma importante entidade mitológica. Um profeta de Tebas, a antiga cidade grega. Para tornar-se o lendário e célebre vidente da antiguidade, precisou passar por algumas provações. Durante uma caminhada na floresta, ele se depara com duas serpentes, enroladas entre si mesmas para copularem. Tirésias desconhecia aquele ritual lascivo e matou a serpente fêmea. Com isso, ele foi enfeitiçado e passou a viver por sete anos como uma mulher. Através dessa experiência de viver como alguém do sexo originalmente oposto ao seu, Tirésias torna-se prostituta, desfruta de prazeres sexuais nunca antes experimentados. No final desses anos, depois de viver como uma mulher, ele encontra de novo duas serpentes que estavam a acasalar-se. Dessa vez, ele golpeia a espécie macho dos répteis enovelados e volta a ser homem. Por conhecer profundamente os prazeres sexuais da espécie humana, pois era a única pessoa que experimentou o prazer de ambos os sexos, Zeus e Hera, envolvidos em uma polêmica sobre o amor carnal, chamam-no para que lhes dissesse se era o homem ou a mulher quem tinha mais prazer durante o ato sexual. Tirésias, então, afirmou-lhes que, se o prazer tiver dez partes, o homem ficaria com apenas uma porção. Já a mulher, com nove. Hera, consumida de fúria pela resposta que revelava o segredo das mulheres, cega Tirésias permanentemente. Zeus, para compensar a punição da deusa, dá a ele o poder da adivinhação. Assim, ele adquire o dom da profecia.

Eu não pude entender onde nosso tão erudito pai queria chegar com esse relato mítico. Perguntei a ele porque estava a contar-me a história. Sua resposta foi uma sucessão de perguntas: afinal, o que seria pior? Transformar-se em homem ou em mulher? O que seria mais condenatório: ser homem ou ser mulher? O que seria mais libertador: ser homem ou ser mulher? É a biologia que define o que é ser homem e o que é ser mulher? Diante de tantas interrogações, emudeci completamente, eu não sabia formular uma resposta adequada. Na verdade, toda aquela discussão ampliava ainda mais a incógnita. Por trás de todas essas dúvidas, havia um questionamento maior: quem definiria a minha existência no mundo senão eu mesmo? Ego tem sexo? A quem importa saber qual o meu género? A forma como resolvi viver tornou-se mais relevante que essas hesitações.

Quando sofri o acidente com ele, nossa mãe fez um telefonema para nosso querido pai, que nunca me quis revelar onde ela morava no Espírito Santo. Somente soube do paradeiro dela com as prostitutas do Intendente. Embora fosse óbvio que ele quisesse procurá-la, ele não teve coragem de reaproximar-se dela, pois ainda guardava muita raiva de seu desaparecimento. Ela nunca quis saber de mim, segundo as palavras dele. Desconfio que, movido por vingança, não quis também saber de ti, Jano. Aquele acidente, no entanto, despertou-lhe um egoísmo sem precedentes. Assim que ele se recuperou da fatalidade, ele selecionou fotos minhas antes e depois do acidente. Enquanto eu estava desacordado numa cama de hospital, ele também tirou fotos do meu rosto após a cirurgia e enviou todas essas fotografias para o endereço da minha mãe. Minha tia, depois de anos, comentou-me sobre a irrefletida atitude dele.

A fúria consumia-me a alma com os desalinhos de nosso fascinante pai, mas confesso que naquele instante de tantas tensões, sobretudo quando relata a história de Tirésias e faz indagações sobre a sexualidade humana, ele estava a enfrentar o próprio medo de se mostrar como uma pessoa covarde diante de mim por confidenciar a fraqueza e a inconsequência de usar-me para atingi-la de uma forma bué indecente e desumana. Outra vez, fiquei sem reação. Talvez aquela carta de nossa mãe fosse uma tentativa de reaproximação. Talvez ela nunca tenha se interessado por mim. Talvez quisesse se redimir comigo. Eu não consigo afirmar ou negar mais nada.

Não demorou muito tempo para nosso inocente pai adoecer após eu ter passado pela frustrante reconstituição cirúrgica. Quando o diagnosticaram com Alzheimer, ele imediatamente transferiu o apartamento de Lisboa e a esquecida choupana em Regência Augusta para o meu nome. Ninguém sabia da existência dessa habitação no vilarejo dos pescadores. Com o decorrer dos anos, ele piorou muito. O seu esquecimento, momentâneo nos primeiros meses, acentuou-se demais. As lembranças dele tornaram-se fragmentadas. Misturavam-se aleatoriamente. Não havia mais distinção entre passado e presente. Às vezes, ele falava sobre operações cardíacas. Em outras ocasiões, relembrava da natureza e da vida dos animais aquáticos, especialmente sobre as tartarugas em Regência Augusta. Foram por causa delas que ele investiu na compra de um terreno na vila dos pescadores para construir nesse sítio uma pequena casa. As tartarugas reproduzem-se na Reserva

Biológica de Comboios, localizada próxima desse povoado. Ele sempre comentava isso comigo. Em determinados momentos, ele desconhecia completamente todas essas informações. Negava que era médico e chamava-me de Cassandra. Um dia, quando fui visitá-lo na residência de meu tio, que cuidava do irmão enfermo com a ajuda de sua esposa, ele já não reconhecia mais ninguém.

Será que Cassandra poderia reconhecer-me como filho? Ela conhecia o meu rosto através de fotografias, mas creio que permaneceu desencorajada de procurar-me. Eu devia ser uma aberração aos olhos dela. Quando encontro a carta, o roteiro daquela cena e a foto de nossa mãe misturadas com os papéis que tu escreveste, Jano, conferi se não havia o nome dela escrito no verso da foto. Como na mesma imagem que eu tinha, mostrada pelo meu pai em outra época, lá estava aquele nome escrito à mão em posição diagonal no papel fotográfico. Agora não restava nenhuma dúvida. Nunca foi a minha mãe. Ela deve ter desempenhado melhor esse papel contigo, Jano, meu irmão perdido.

17
UMA CAMADA DE PAPEL RASPADA

Apertei a mão daquela senhora que repentinamente chegou ao sebo minutos depois de eu abrir a loja. A mulher se chamava Verônica. Quando anunciou a si mesma, ela me explicou que o seu nome latinizado significava "a imagem verdadeira" ou "aquela que traz a vitória". Deduzi imediatamente que se tratava de uma pessoa muito culta, e deveria estar procurando livros relacionados ao significado das palavras. Perguntei se ela gostaria de verificar alguns dicionários antigos nas estantes, mas ela se recusou e colocou o livro de poemas de Fernando Pessoa de volta no lugar de onde tinha retirado para folhear.

Verônica pediu calmamente que eu lhe escutasse e tentasse entendê-la. Eu não compreendia o que ela queria tanto falar comigo. Parecia estar se sentindo muito encabulada e sua voz começou a ficar trêmula. Ela tentou balbuciar algumas palavras, mas a conversa momentânea que teríamos ali, naquele sebo, uma de frente para a outra, cedeu lugar ao choro desesperado. Diante daquela situação um tanto embaraçosa, solicitei que se acalmasse, pois eu não poderia ajudá-la se não conseguisse saber o que ela desejava de mim. Alcancei-lhe um copo de água e fomos conversar numa sala mais reservada da loja. Assim, ela foi controlando a respiração e retomamos de onde tínhamos parado. Por seu nome corresponder a expressão de "imagem verdadeira", sentido que talvez tivesse mais relação com aquele momento insólito, certamente sua aparição em meu local de trabalho deveria ter uma remota ligação com a lenda ocidental relacionada a uma notável santa chamada Verônica. Esta teria encontrado Jesus na Via Crucis, limpado o sangue e o suor do rosto dele com um véu usado por ela, ação que marcou o semblante do salvador no tecido translúcido. Fala-se que esse véu mostra aos cristãos a verdadeira face de Jesus, tendo adquirido o poder de proporcionar milagres extraordinários, como recuperar a visão de cegos e trazer mortos novamente à vida. Conhecia esse relato por causa do Santo Exercício da Via-Sacra, praticado durante a Quaresma, tal como as freiras do orfanato faziam. Um simples manto usado para cobrir nossas cabeças. Aquela senhora chamada Verônica estava ali.

Ao conduzir o diálogo com Verônica, pensei que ela fosse alguma religiosa vinculada à instituição que me cuidou e me forneceu uma educação muito singular. Imaginei de uma forma um tanto espirituosa que ela tivesse me procurado para simbolicamente me afastar da escuridão, alumbrar as incertezas da minha vida, mostrar um lampejo de luz que não fosse ilusório, como eu mesma já disse antes. Depois de me ouvir atentamente, e demonstrar uma fascinação estranhamente afetuosa, ela não negou que estava lá por causa do orfanato, mas deixou bem claro para mim que estava longe de ser uma pessoa religiosa ou alguém vinculada à igreja.

Verônica me contou que conhecia a instituição que cuidou de mim. Ela inclusive falou que lembrava do tempo em que eu era um bebê, quando tinha sido entregue enrolado em uma manta amarela. Comentou ainda que o meu nome tinha sido bordado naquela coberta. Aquela revelação me surpreendeu demais, pois somente as freiras mais velhas sabiam disso. Nunca falei com ninguém sobre essa história. Foi a conversa mais esquisita que tive na vida.

"Marion foi o nome de sua bisavó", disse-me a mulher. Eu realmente não estava entendendo qual era o propósito daquela conversação. Afinal, ela parecia estar desvelando, aos poucos, muitas informações a meu respeito. Eu não sabia quem eram meus pais e muito menos tinha o conhecimento de quem tinham sido meus avós e bisavós. Em seguida, ela me fala que foi uma jovem irresponsável e imatura demais, não se orgulhava nem um pouco da maneira como conduziu sua juventude. Os pais de Verônica, a senhora com quem eu conversava em uma manhã de trabalho, após ter ficado acordada a noite toda, queriam que ela fosse viajar para a casa de sua avó, na Alemanha. Entretanto, uma gravidez inesperada, modificou radicalmente os planos de sua família, que rejeitou a gestação desde o primeiro momento em que soube de sua sensível condição. Queriam que ela se casasse com um alemão, de preferência patriota, protestante e capitalista. Jamais aceitaram o fato de ela ter engravidado de um brasileiro qualquer. Forçada a abrir mão da criança recém-nascida, Verônica teve de deixar o bebê em um orfanato, mas com a condição de que seus pais lhe oferecessem ao menos uma boa educação quando estivesse em idade apropriada para começar a estudar. "Foi por isso que você teve aulas de alemão com o professor Johann, Marion, pois na escola católica onde você estudou não ensinavam essa língua". Uma luz muito forte clareou os meus pensamentos e enchi os olhos de água. "Eu sou sua mãe, Marion", disse aquela senhora tão nervosa e envergonhada por estar ali, passando por aquela situação, humilhada consigo mesma devido às tristes consequências incomuns de seu passado errante.

Eu tinha muitas dúvidas sobre tudo o que acabava de ouvir da mulher que se diz ser minha mãe. Eu não me sentia confortável de chamá-la assim. Permaneci alguns minutos olhando para baixo, observando minhas lágrimas caindo no chão. Verônica me conhecia profundamente. As informações eram profundas, verdadeiras. Ela tinha muito o que dizer e, então, enxuguei as lágrimas do rosto, respirei pausadamente para recuperar a serenidade e permiti que continuasse me contando toda a história. Preparada para todas as perguntas que talvez eu quisesse colocar, ela procura esclarecer, em primeiro lugar, a necessidade de eu ter aprendido alemão. Era uma língua que poderia aproximá-la da família ou até mesmo dela, radicada na Alemanha há tantos anos. A avó de Verônica se recusou a sair do país e conseguiu falsificar a identidade, permanecendo em Dresden. Seu avô estava constrangido de sua malograda filiação com o Partido Nazista e precisou escapar de lá clandestinamente com a sua filha, que seria hoje a minha avó, para viverem em solo brasileiro no final da Segunda Guerra Mundial. Era proibida a entrada de estrangeiros no Brasil, mas ele não teve dificuldade de se infiltrar em uma hermética colônia de alemães no Espírito Santo, cujos conterrâneos, que já estavam nesse estado desde a imigração do século XIX, chegaram a receber, na década de 1930, uma inspeção médica determinada pelo regime político nacional-socialista para saber se eles não haviam se degenerado nos trópicos. Estavam analisando até que ponto a supremacia racial dos alemães estava ameaçada pela miscigenação em terras tropicais.

Verônica me contou que foi uma menina muito rebelde na juventude. Resolveu fugir de casa quando ainda era muito jovem. Perambulou pelas ruas de Vitória por algumas semanas. Viajou para a Europa. Quando o dinheiro acabou, ela retornou para a casa dos pais. Em poucos dias, descobre que estava grávida. Devido a sua insubordinação, ela teve de lidar com os desastrosos efeitos de seu comportamento desregrado e imoral aos olhos dos pais. Sua família era extremamente rígida. Conservadora ao extremo. Ela disse que era o oposto de seus pais, que enriqueceram no território capixaba. Ela detestava o meu bisavô e sobretudo a minha avó, o *alter Drache*, como Verônica chamava a sua própria mãe, porque, além de ter se casado com um homem daquela colônia, ela tinha escolhido um péssimo nome para mim, a neta desconhecida.

A gestação foi muito complicada. Minha avó não se conformava com o fato de Verônica ter engravidado de um brasileiro. Isso significava que o sangue da família se misturava com outras raças. Desejavam que ela abortasse, porém se recusou a tomar essa atitude precipitada. Ameaçou se matar, caso o aborto forçado acontecesse. Durante a gravidez, foi impedida de sair de casa. Era uma vergonha para a colônia que uma de suas descendentes tivesse rompido com as regras secretas daquela comunidade. Mantida em cárcere privado por nove meses, ela precisou aceitar as condições impostas por seus pais. O bebê, o *Mistvieh* daquela funesta colônia, receberia um tratamento justo após o nascimento, mas ela teria de ir embora do Espírito Santo e cumprir com os planos da família.

O médico que fez o parto de Verônica era assustadoramente autoritário e participava de um secreto grupo na colônia alemã a favor da preservação da ideologia nazista no Brasil. O obstetra fez terror psicológico com ela, ofendendo-a por ter feito sexo com um brasileiro, por não estar casada com um alemão puro, por ser uma viciada em drogas, por colocar em risco o bebê que estava em sua barriga. Ela simplesmente teve sua genitália rasgada na mesa cirúrgica. Hoje sabemos que isso é mais um caso de violência obstétrica. Logo após o parto, ela teve convulsões e o médico a diagnosticou com eclampsia. Sobrevivendo às complicações de um parto cruel, ela se recuperou no hospital durante muitos dias de internação.

Minha avó me entregou para o orfanato. Foi ela quem bordou meu nome no manto amarelo. Disse às freiras que eu me chamava Marion, um nome detestável por razões que mais adiante serão apresentadas. Depois de vários dias vulnerável e com a saúde debilitada, Verônica embarca em um avião cujo destino final era a Alemanha. Minha bisavó, que inacreditavelmente conseguiu despistar as autoridades alemãs de sua verdadeira identidade para não ser punida pelo seu envolvimento com os nazistas, aguardava a neta no aeroporto de Dresden.

A vida naquela cidade alemã não foi das mais fáceis para Verônica. Essa senhora que se apresentou como minha mãe no sebo precisou se adaptar aos costumes do país. Teve de se casar contra sua vontade com um sujeito muito mais velho do que ela. Ao longo de décadas vivendo distante do Brasil, ela foi acumulando riquezas. A bisavó morreu de infarto fulminante. Seu marido teve um final catastrófico, sofrendo um acidente fatal em uma *Bundesautobahn* nas proximidades de Dresden. Das notícias que soubera sobre sua família aqui, tomou conhecimento de que o meu bisavô morreu dormindo. Meu avô havia se separado da esposa e desapareceu do Espírito Santo. A mãe de Verônica, minha avó, estava internada em um hospital de Vitória, com insuficiência respiratória. Faleceu dias antes de Verônica voltar ao Brasil. Estava livre de todos os seus parentes. Pensou que poderia reparar os erros cometidos, começando por procurar a filha que foi obrigada a abandonar. Era eu mesma essa filha. Ela chorava muito, estava inconsolável. Ela sabia que aquela história era algo muito difícil de ser assimilada por mim, mas eu fui resistindo a tudo que ela me revelava. Meu Deus, eu também estava entregue às emoções. Queria gritar, sair correndo do sebo, afastar-me daquela mulher, entretanto permaneci sem ação, ouvindo aquela história.

Fiquei curiosa por uma informação que ela estava esquecendo de dar. Quem era o meu pai? Quem era esse brasileiro rejeitado por uma família situada em uma remota colônia alemã em solo capixaba? Assim, com essa dúvida lançada naquela sala empoeirada de livros deteriorados, ela me disse que não teria como determinar quem seria esse homem. Eram noitadas alucinantes. Não tinha como saber. Às vezes, ela bebia demais e consumia drogas constantemente. Em uma ocasião especial, ela conheceu em Lisboa um rapaz um pouco mais jovem do que ela. Ele usava drogas em uma festa. Fez sexo com ele. Desconhecia-o completamente. Acredita que ele talvez seja o meu pai. Encontrou-o recentemente. Ele tinha o semblante idêntico ao de alguém que ela também havia conhecido na juventude. Uma pessoa semelhante a ele, mas as recordações se tornaram difusas com o tempo. Embora tivesse me falado de suas suspeitas em relação à paternidade, ela não soube dizer se transou com mais alguém naquele momento, pois estava quase sempre fora de si. Havia acontecido uma grande confusão no decorrer daquela noite, todavia ela não recordava muito bem o que tinha ocorrido.

Assim que terminou de me contar a história, Verônica esclarece que há três anos já pensava em voltar ao Brasil. Faltava-lhe tomar coragem para concretizar o desejo. Quando finalmente sentiu que nada de grave poderia acontecer com ela, sua primeira atitude foi a de fechar a chave seus traumas dentro de si e voar para o Espírito Santo. Hospedou-se em um hotel no centro de Vitória. Jamais voltaria à temível colônia alemã. Retornar era traumatizante de qualquer maneira. Não foi simples localizar o meu paradeiro. Minha avó não divulgou em qual orfanato eu tinha sido deixada. E quando

Verônica encontrou a instituição em que fui acolhida, as freiras lhe disseram que eu já tinha saído de lá. Daí precisou anunciar quem ela era. Exigiu todas as informações possíveis sobre mim. Descobriu alguns dados que estavam conservados em uma pasta de arquivo. Nesses documentos, havia registros de identificação. Uma das freiras me levou para fazer a carteira de identidade, dizendo que era mais seguro e que, futuramente, isso poderia ser útil para mim. Mesmo com a desaprovação das religiosas, Verônica anotou tudo, inclusive o contato do pensionato onde eu moro. Logo que deixou o orfanato, seguiu em direção à pensão para saber onde eu estava, precisava falar comigo com a máxima urgência.

Depois de tudo o que me contou, ela me ofereceu dinheiro. Queria saber os dados da minha conta bancária para fazer um depósito. Seria um enorme prazer para ela me dar uma retribuição. Estava disposta a fazer qualquer coisa que resolvesse lhe pedir.

Falei para Verônica que era praticamente impossível não acreditar que ela seria a minha mãe. Disse ainda que precisava de tempo para compreender melhor todas aquelas fatalidades. À medida que ia expondo meus pensamentos, um sentimento de fúria ia consumindo as minhas entranhas. Recusei o dinheiro, desprezei qualquer tipo de ajuda. *Ach was!* Era isso, então? Mesmo que pudesse perdoá-la por ter sido impedida de me criar, eu estava magoada demais para ter condições de relevar todo aquele passado traumático. Eu também estava envolvida nessa história. Eu cresci solitária, desconhecia absolutamente quem eram os meus pais e não seria agora que eu poderia simplesmente lhe dizer alguma palavra mal lavada de perdão, se é que era isso que a minha mãe desejava. Ela tentou me abraçar, mas me esquivei daquele gesto de carinho imediatamente e tive de levantar a voz para que não ousasse chegar perto de mim outra vez. Ela me pediu desculpas aos prantos. Antes de sair de lá, correndo pela rua afora, bastante desapontada com a minha reação, ela disse que estava voltando para a Alemanha. Para não me perturbar mais, deixou o seu endereço com o meu chefe no balcão do sebo e se despediu, pedindo a ele para me avisar que, se eu quisesse um dia procurá-la, seria um prazer me receber em sua casa.

Foi como um pesadelo a aparição de Verônica na minha frente. Parecia que eu tinha acabado de raspar uma áspera camada de papel empastado em uma parede que encobria um aterrorizante passado, que vinha à tona para cumprir com a sua abominável função de causar os mais horríveis espantos dentro de mim.

VI FRAGMENTO DE JANO

AQUELE QUE VIVIA COM A MÃE EM VITÓRIA

18
ÚLTIMA ENCENAÇÃO

No último dia em que estive em casa, sofri mais um contratempo com a mãe. Durante a noite já estaria longe de casa. Tudo isso você já sabe. Basta reler as minhas páginas. Fui despedido do bar. Perdi o emprego no final do expediente. Transei com uma prostituta. Livrei você de uma enrascada com um policial. Chamei uma ambulância para lhe atender. Parti para Regência Augusta. Faltou esclarecer o que houve nesse dia enquanto ainda estava em casa. Aguardava a chegada de prestadores de serviço para instalar a internet. Eles chegaram cedo. Ficaram à vontade com um emaranhado de fios e dispositivos eletrônicos. Criaram a conexão. Me perguntaram onde eu gostaria de fixar o ponto de acesso. Pedi que colocassem no porão. Lá era o meu quarto. Tudo isso eu já contei antes. De repente, vejo minha mãe acordada na porta de casa. Maquiada como sempre. Usava aquela mesma peruca ridícula. Fumava nervosamente. A discussão era certa.

Ela reparava que eu não tirava os olhos daquele cabelo. Admitia que era falso. Não era só por uma questão de vaidade. Disse que as perucas já foram sinônimo de nobreza nos tempos dos monarcas franceses. Não é à toa que viraram acessório de moda. Tão bem utilizadas por muitas artistas. Nunca precisou usar peruca, pois os cabelos eram fartos e volumosos. Adorava o corte da atriz Farrah Fawcett. Símbolo sexual dos anos 1970. Ela sempre quis imitar aquela atriz. A mãe frequentava um salão de beleza no centro de Vitória nessa época. Pedia para o cabeleireiro fazer o corte pigmaleão. Conservou esse penteado por muitos anos. Quando eu comecei a cumprir a pena na prisão, ela adoeceu. Foi por isso que nunca mais me visitou. Ela teve de fazer quimioterapia. Foi de repente. Os cabelos caíram. Quis usar uma peruca. Sua beleza havia desaparecido. Estava extremamente magra. Sentia-se imprestável para qualquer tipo de tarefa. Não era uma mulher qualquer. Tinha notoriedade no meio onde circulava. Eu não conhecia essa história. Ela trabalhava como atriz antes de se casar com o pai que me criou. Decidiu investir na carreira. Viajou para São Paulo. Alvoroço de artistas e cineastas por lá. Arrumou um trabalho na Boca do Lixo. Lugar de cinema independente. Filmes de baixo custo. Ela não tinha nada a perder. Aceitava papéis pequenos. Até mesmo aqueles que exigiam cenas de nudez. Corria atrás dos diretores dos filmes para que lhe pagassem o cachê. Não era nenhum valor de causar inveja. Queria ser vista por suas discretas participações em pornochanchadas. Desejava alcançar maiores projeções. O mundo da sétima arte a fascinava. Admirava as belas atrizes desse meio. Já eram famosas e cobiçadas pelos cineastas. Um dia ela seria uma estrela. Ela disse para mim que ainda era uma estrela. Com brilho próprio.

Eu desconhecia completamente essa história. Não entendia qual era o motivo de ela falar sobre isso agora. Já estava na hora de eu saber toda a verdade. Então, pediu que a acompanhasse até o seu quarto.

Subitamente a mãe segura meu braço. Me conduziu até o seu cômodo. Notei as unhas compridas. Pintadas de vermelho. Me empurrava com a mão. Ela abre as portas do roupeiro. Agarra uma pasta de couro com muitos papéis velhos. Tira uma caixa com fitas de videoteipe. Diz para eu me sentar em uma poltrona posicionada em frente à sua cama. Liga a televisão em seu quarto. Coloca a fita no videocassete. Pede para eu ver uma gravação. Seu rosto surge na tela. A imagem lentamente se amplia. A câmera se afasta aos poucos de sua face. Projeta o corpo inteiro. O cenário da cidade de São Paulo ao fundo. Usava um vestido branco. Ombreiras altas. Corte de cabelo estilo pigmaleão. Olhos vampirizados. Encara o telespectador. Dialoga com a câmera. Assisto à sua performance com atenção. Não entendia o que era tudo isso. Ela me mostrou em seguida o texto que precisou ler para decorar sua fala:

LOCAÇÃO EXTERNA (CENTRO DE SÃO PAULO)

PROFETISA DA PRAÇA DA SÉ: Olhe para mim (pausa). Veja como tudo está sério entre nós dois agora (nervosa ao extremo). Finalmente, está ficando muito sério (tom de voz baixo). Eu me sinto mais segura, eu respiro mais aliviada (com serenidade). Se isso não for amor, então eu não sei explicar que sentimento é esse que eu sinto tanto (perplexa, admirada). Rejeitei Apolo por você. Eu cresci com o meu peito cheio de esperanças pela vida (olhar confiante). Responda-me: eu era a única pessoa que não estava percebendo quão séria é a nossa relação (aproxima-se lentamente da câmera, um pouco confusa)? Que tempos são esses vividos por nós (contestando o interlocutor)? Tantos crimes, tantos assassinatos (com indignação)! Haverá violência pior que todas essas, intrigas nos bastidores do poder ainda estão por vir porque há muitíssimo tempo nos têm faltado honra e bom senso (entristecida)? Olho para mim mesma e vejo tanto a semelhança com meu irmão Heleno quanto a solidão que sinto nesta cidade (novamente perplexa). Tive a consciência de que estou só (cabisbaixa). Ninguém me ouve (inconformada). Como então assumir corajosamente a própria autonomia perante o medo do desconhecido (com ironia)? Eu nunca me senti tão sozinha como agora, eu nunca saberia dizer se estive alguma vez tão solitária como hoje (tom de voz baixo). No entanto, parece ser confortável ficar sozinha porque eu devo aprender a ser mais íntegra com a minha própria solidão (demonstra resignação e se afasta da câmera). Quando encaro você firmemente nos olhos, percebo que estou pronta para apreciar pelas manhãs uma paisagem urbana qualquer vista da janela (com os olhos lacrimejando).

Posso contemplar também as ruas vazias da cidade à noite (hesitante). Completamente solitária (aos sussurros). A vida é feita de decisões e são essas escolhas que definem o nosso destino (olha para o céu e suspira). Você está pronto para isso (passando a mão vagarosamente pelo corpo)? Está na hora de decidirmos (volta a se aproximar da câmera). Todos precisam tomar uma atitude, por mais que não se saiba quais serão as consequências dos nossos atos (demonstra convicção). Você e eu não somos os únicos (com seriedade). Há milhares de pessoas na mesma situação que a nossa (espantada). Não somos exclusivos (inquieta). Quantos não devem estar por aí escolhendo um rumo para a felicidade (admirada)? Nós já experimentamos de verdade o que é ser feliz (hesitante)? Sim ou não (incisiva)? Nós estamos sonhando, não estamos (olha para a cidade ao seu redor)? Quantos não devem estar fazendo o mesmo (intrigada)? Jamais saberemos (tom de voz baixo). O que importa nesse momento é decidir o jogo com afinco e caloroso desejo, você precisa saber que eu estou pronta há muito tempo, eu aguardo a sua vez de jogar (tom de voz agitado e choroso). O final dessa aposta está em suas mãos (com lágrimas nos olhos). No entanto, lembre-se das consequências de sua jogada, não haverá uma segunda chance, não haverá reincidências, você precisa tentar, uma só vez (com o rosto próximo da câmera). Eu estou pronta para viver uma grande história de amor, uma história admirável, duradoura e vitoriosa, uma paixão que continua através das gerações futuras, dos nossos descendentes (a câmera deixa somente os olhos em destaque). Olhe para mim, repare na seriedade da situação (pausa). É você (pausa). Você, liberdade, entidade estranha para a qual devoto o amor refletido em meus olhos (respiração ofegante). É com você que posso estar completamente sozinha (com convicção). Eu e você (pausa). Nós queremos apenas a emancipação (tom de voz assertivo).

A cena deveria ser um fragmento de alguma produção cinematográfica. No final da filmagem aparece uma conversa com um diretor de filmes. Insiste para que a próxima cena fosse em estúdio. Deveria ser sexo explícito. Não seria apenas insinuação. Ela se recusa. Pede a gravação da fita. Desestrutura toda a equipe na locação externa. Um chiado aparece na tela do televisor. Um ruído entorpecente. Ela retira da pasta de couro alguns documentos e cartas antigas. Abre uma das cartas. Aponta as palavras com o dedo. Diz para eu ler o que ela tinha escrito. Uma correspondência para um homem que eu desconhecia completamente. Ela lembrava da vez em que se cruzaram sem querer nos bastidores de um filme. Ele conversava com um amigo dele. Cineasta da Boca do Lixo. Nossa mãe considerava o pai que o criou em Portugal muito inteligente, Jano. Homem estudado. Apaixonou-se de imediato. Escrevia a carta para dizer que não foi fácil se afastar dele naquela época. Ela o amava tanto. Era muito jovem para assumir uma relação mais séria. Tinha o sonho de fazer cinema. Desejava ser artista. Não queria ser dona de casa. Hoje já não guardava mais essa esperança. Só que não era por isso que ela estava escrevendo. Talvez estivesse escrevendo para ela mesma, talvez nunca quisesse ter enviado a carta. O destino foi irônico com ela. Fugir de enlaces matrimoniais. Casar-se com outro homem. Este pai que nunca quis me procurar precisava ler esta carta. Jamais teve a curiosidade de querer entender as razões da mãe. Os dois deviam ser um belo casal. Ela pensava em atuar. Seus planos não deram certo. Não imaginava que estava grávida. Era muito jovem e inexperiente. Ele terminava a faculdade de medicina em São Paulo. Recorda-se de ele ter dito para ela que gostaria de ser médico. Foi durante uma viagem para Regência Augusta que ela nos deu à luz. Foi inesperado. Foram embora para Portugal. A mãe estava infeliz. Não queria abandonar o sonho de ser atriz. Odiava estar em Lisboa. Por essa razão, procurou sua cunhada, casada com o irmão do nosso pai. Disse que não teria condições de levar as duas crianças. Deixou um dos filhos com a tia. A minha intuição sempre esteve certa. Você foi o menino criado por parentes portugueses. Em outra passagem da carta, a mãe diz que o pai tentou lhe procurar. Precisava saber o porquê de ela ter deixado o bebê com a mulher do irmão dele. Ela fugiu, passou anos reclusa. Aparecia muito esporadicamente na Boca do Lixo. Tentou arranjar algum trabalho. As produções de filmes estavam desaparecendo. Por isso, largou o cinema. Casou-se com um capixaba. Mudou-se para Vitória. Levou com ela o bebê que precisava de mais cuidados. Deixou para trás o filho mais sadio. Era você. Eu estava há dois anos preso na época que ela escreveu a carta. Revelou que tinha apenas alguns meses de vida. O câncer evoluiu. Estava consumindo a sua vida. O pai que ficou com você em Lisboa deve entender melhor do que nós sobre a doença. Ela não gostaria de morrer antes que eu soubesse dos seus motivos impensados. Me explicou que tinha sido irresponsável. Abandonou uma criança por egoísmo e ambição. Eu sinto muito. Espero que um dia você possa perdoar nossa mãe. Descobri todos esses detalhes dias antes de você viajar de Lisboa para Vitória.

A revelação da carta me causa calafrios. Deixa meu estômago embrulhado. A mãe nunca comentou que foi atriz. Muito menos sobre um filho abandonado. Com o tempo, a verdade foi aparecendo. Eu tinha um irmão. Ainda é curioso entender que espécie de doença foi essa anunciada na carta. Devolvo à mãe a correspondência para que a guarde. Ela não quis guardar. Resolveu deixar a carta em minhas mãos. Ela estava ansiosa para falar.

Eu devia escutar o que ela tinha para dizer. Eu tinha uma tarefa muito importante para fazer. Precisava guardar a carta. Ela disse que talvez a mulher que ficou com você poderia me procurar. No fim das contas, você mesmo me encontrou em Vitória. Havia um endereço anotado no verso do papel da carta. Um dia eu poderia ir a Lisboa e entregar a correspondência ao homem para quem ela escreveu palavras tão duras. Deveria ir à sua procura depois disso. Você foi mais rápido. Encontrou o irmão perdido em Vitória primeiro. A mãe fez questão de dizer que a missão dela chegará ao fim quando nos conhecêssemos. Ela não estaria mais de corpo presente para ver isso acontecer. O meu tempo com ela estava acabando naquela casa. Antes de eu desaparecer de lá. Ela ouvia vozes. Estavam chamando por ela para entrar em cena. Aguardavam nossa mãe para fazer o ato final. Ela esperava que nunca mais precisasse voltar lá para me dar conselhos. Eu devia ser mais prático de agora em diante. Estavam na expectativa de sua entrada no estúdio e não poderia demorar mais. Era estranho. Ela me autorizou a fazer o que eu quisesse com aquela casa. Não havia mais ninguém lá. Ela estava apenas de visita. Questionou o fato de eu pedir explicações sobre o passado. Acredito que já tenha ouvido e descoberto todos os seus segredos. Parecia ser uma mulher infame aos meus olhos. Eu não sabia o que dizer. Por mais ordinária e detestável que ela fosse, sempre será aquela mãe. Isso não vai mudar. Ela reconhece que falhou em tudo. Admitiu o fracasso. Não esqueceu que ainda tinha direito de realizar a derradeira performance. Última encenação. Já que ela era essa pessoa desprezível que eu tinha acabado de perceber, pediu que a servisse com uma bebida. Exigiu que eu acendesse o seu cigarro. Queria satisfazer seus desejos finais. Precisava que enchesse a banheira de água. Um banho demorado antes de entrar em cena. Repetia suas falas enquanto se banhava. Dei uma toalha a ela. Pediu que eu ligasse o secador de cabelo. Coloquei o secador em sua mão. Me deu um tapa no rosto. Eu era culpado por todo o seu fracasso. Ordenou que me afastasse para deixá-la sozinha.

Tive um acesso de fúria. Apanhei uma navalha. Atravessei a lâmina em seu pescoço. Ela caiu dentro da banheira ainda cheia de água. Meus olhos testemunharam uma cena horrível. O secador aceso cai no chão. Explodiu com a queda abrupta. Houve um curto-circuito. Ela sangrava. Debateu-se muito. Espero que me perdoe. Demorei para contar onde estava Cassandra, nossa mãe. Não sei qual vai ser a sua reação. Comecei a gritar. Corri até a área de serviço para desligar o disjuntor da luz. Queria salvá-la. Era tarde demais. Os rapazes que estavam instalando a internet ouviram meus gritos. Perceberam que a luz tinha sido desligada.

Disse a eles que um acidente terrível tinha acabado de acontecer. Perguntaram onde estava a senhora que estava dormindo. Eles não tinham visto ninguém. Não havia sangue derramado. O secador de cabelo queimado estava jogado no chão. A água da banheira transbordando para o chão. Conseguimos esvaziar toda a água. Ligamos novamente o disjuntor. O som do chiado do televisor voltou a ecoar do quarto. O roupeiro estava com as portas abertas. Havia papéis e roupas caídas no chão. Ninguém viu nenhuma mulher sangrando. Os técnicos finalizaram o serviço. Ficaram desconfiados. Foram embora. Ligaram para a polícia. Os agentes chegaram. Fizeram inúmeras perguntas. Expliquei tudo o que tinha acontecido. Esclareci minuciosamente o acidente. Repeti várias vezes como tudo ocorreu.

Os policiais perguntaram se eu estava tomando medicamentos. Disse que só usava remédios que me eram dados na prisão. Eles foram mais severos. Eu devia continuar com o tratamento. Não compreendi tanta preocupação. Estava intrigado com o desaparecimento da mãe. Os agentes me disseram que ela havia morrido há muitos anos. Disseram que a situação era muito delicada. Não quiseram conferir nenhuma gravação de vídeo. Demonstraram desinteresse pela carta que tinha lido. Qualquer declaração que eu desse era irrelevante. Tudo não passava de uma grande ilusão de minha parte. Fui ignorado. Me contaram na cadeia sobre a morte dela. Foi no início do cumprimento da pena. Não quis acreditar. Vivia sob o efeito de medicamentos muito fortes. Não tinha aceitado a notícia. Passei a agir como se ela continuasse viva. Talvez os vizinhos tenham me visto falando sozinho. Optei por habitar o porão porque ela me perturbava demais. Acredito que a mudança foi necessária. Fizeram um levantamento da minha ficha criminal. Os policiais me recomendaram cautela. Disseram que eu corria o risco de voltar para a prisão. Não era qualquer penitenciária. Era um instituto psiquiátrico. Tenho conversado com a mãe às vezes. Cassandra, como você diz. Meu diagnóstico é um equívoco. Só consigo escrever dessa forma. Sigo o tratamento com a medicação.

Precisei de um tempo para recobrar a consciência dos meus atos. Sequei o banheiro. Descartei no lixo o secador estragado. Arrumei a bagunça do quarto da mãe. Guardei suas roupas e seus álbuns repletos de fotos velhas. Dobrei bilhetes escritos à mão. Rebobinei e retirei a fita do videocassete. Coloquei a fita dentro de uma caixa. Deixei tudo guardado no roupeiro. Desliguei todos os aparelhos da tomada de luz. Saí de casa para trabalhar no bar quando anoiteceu. Levei comigo a carta, o *script* e uma das fotografias de rosto da mãe. Você me enviou a sua foto meses atrás. Ainda estava em Lisboa. Comparei as imagens. Você não teve tempo de conferir nada. Precisou ser hospitalizado às pressas. Encontrará todo esse material aqui. Ficará a par de tudo quando estiver na casa deste vilarejo.

VII FRAGMENTO DE JANO

AQUELE QUE TALVEZ TENHA VOLTADO PARA LISBOA

19
CERZIR O PASSADO E O FUTURO

Estou a viver nesta choupana já faz algum tempo. Espero a tua volta, Jano. A respeito de tudo o que escreveste, não posso afirmar que se trata de um incontrolável delírio ou de uma justa observação realizada com bom senso e lucidez. Nosso encontro parece que aconteceu por mera coincidência, mas descobri que tínhamos muito em comum. Chamamo-nos Jano porque esse também era o nome de nosso incrível pai. O que não faz sentido em nossa história é Cassandra, a nossa mãe, ter batizado os filhos com o nome do homem que ela resolveu abandonar. Fiquei a pensar em uma explicação. Reli a história do deus romano das mudanças, das transições, do passado e do futuro, do começo e do final, das entradas e das saídas. Nossa mãe concebeu filhos gémeos e, para ser coerente com essa reflexão, em algum momento de sua vida, consumida por uma doença maligna, talvez tenha imaginado que pudéssemos nos reencontrar. Aquela carta que nunca foi enviada ao meu pai não foi algo totalmente acidental que tu descobriste, Jano. Tu tiveste acesso a um passado repleto de cicatrizes e foste ao meu encontro no centro de Vitória porque somente assim removeríamos a sombra, em princípio inarredável, do tempo que nos dividiu até agora.

Jano é um nome significativo para a nossa mãe e ela deve ter ouvido falar do mito através de meu pai. Desconfio até mesmo que ela tenha idealizado a forma como tu poderias encontrar-me no futuro, mas não deve ter imaginado a maneira como isso, de facto, realizou-se. Presumo que esses esclarecimentos sejam razoavelmente coerentes, porém eu nunca poderei saber o verdadeiro motivo de ela ter colocado o mesmo nome em seus dois filhos.

Há vários insetos e alguns vermes na outra assoalhada sem luz. O futuro é como o cômodo que ocupo nesta choupana. Um sítio escuro e sem sentido. Destino final. Era preciso iluminá-lo para que pudesse significar algo. Esta choça parecia dizer-me que o porvir seria isto mesmo. Uma espécie de portal para outra dimensão. Este ambiente deve ser bué pestilento. Por isso gritei quando matei a caninana que estava enrolada em minhas pernas. Reparei que a choupana não era um sítio muito seguro. Isso era algo que não fazia sentido. Não tive coragem de entrar naquela assoalhada. Não sei dizer o que acontece lá dentro.

Meu irmão, tu não apareces nunca. Os manuscritos que encontrei causaram-me muita perplexidade. Sobretudo por tu falares de Verónica. Nós conhecemos a mesma mulher. Lembro de tê-la encontrado há muitos anos em Portugal. Estive com ela em uma festa em Lisboa. Espantou-se ao ver-me. Comportou-se como se já soubesse quem eu era e saiu a correr daquele lugar. Segui-a raivosamente para insultá-la por causa daquele intrigante incidente. Alcancei-a na porta de saída da festa, prestes a sair para a rua. Ao apanhá-la na rua, puxo o seu braço. Ela fica inexplicavelmente excitada. De repente, Verónica beija-me a boca e eu não resisti àquele ataque. Transamos em um beco sem iluminação pública, nos fundos da casa noturna de onde saímos às pressas.

Relembro que revi essa mulher em uma agência bancária logo que recebi alta do hospital em Vitória. No primeiro momento, não a distingui dos demais estranhos na fila do caixa eletrônico, mas algo dizia-me que eu a conhecia de algum lugar. Eu estava vestido de maneira muito discreta, de óculos escuros e chapéu de pescador. Fiquei a admirar aquele curioso olhar penetrante e, finalmente, reconheci aquele rosto. Pelas roupas e acessórios que usava, parecia ser uma mulher rica e deveria ter dinheiro. Com essas observações em mente, identifiquei-me. Sem perder tempo, cumprimentou-me e confirmou quem ela era. Recordava de nosso encontro em Lisboa.

Desconhecia o facto de sermos irmãos gémeos. Falou que tinha uma filha chamada Marion.

Eu nunca poderia imaginar que Verónica tinha ficado grávida. Ao fazer os cálculos de todo esse tempo que se passou, concluo que Marion nasceu no decorrer da época em que a conheci naquelas noites alucinantes de Lisboa. Jano, ao contar nesses manuscritos sobre a tua juventude repleta de percalços, então só poderia supor que a rapariga chamada Marion pode ser a minha filha. No entanto, eu só teria certeza disso se soubesse como era a vida sexual de Verónica durante a fase temerária de nossas vidas. Talvez Marion tivesse essa resposta e, quem sabe, pudesse dizer-me algo. Fui com Verónica buscar informações sobre ela em um orfanato. Deixei o meu número de telefone. Depois disso, despedi-me de Verónica e fui embora. Eu ainda estava febril. Justamente por isso que escrevo para ti, Jano. Conto-lhe a respeito de tudo que soube de ti, de Verónica. Isso é o que posso relatar sobre os factos de minha vida.

Está muito quente. Não suporto mais permanecer nesta casa. Convivo com os meus fantasmas há muitos dias. Eu ainda continuo sem saber o que fazer. Na verdade, tentei ignorar um bocado a situação. Havia a natureza ao redor que tratava de cercar a choupana. Nos fundos da casa encontrei jogado no solo arenoso um pequeno objeto de cor avermelhada semelhante a um pingente. Não acredito que isso seja teu, Jano. Tu não pareces ser nada místico, ou pode ser que eu esteja bué enganado. Basta de esperas. Aguardarei por ti só mais um dia.

Alguns moradores de Regência Augusta faziam protestos na vila. O Rio Doce transformara-se em um lodo pernicioso. A devastação parecia inevitável. Eu estava arruinado e sem saída. Os mantimentos e o dinheiro tinham acabado. Era o fim. Não me restavam mais alternativas. Penso em retornar a Lisboa para morrer onde passei grande parte da vida, mas talvez eu já esteja morto. Até mesmo tu deves estar morto, Jano. *We must have died alone... A long long time ago... You're face to face... With the man who sold the world...* Versos de uma canção de David Bowie estão na minha cabeça. Afinal, qual atitude seria a mais razoável de ser tomada a esta hora da noite? Esforço-me para decidir o que devo fazer. Tento cerzir o passado e o futuro. Quero uni-los pelos fios de minha memória, como se pudesse olhar simultaneamente para os dois tempos feito Jano, o deus romano. Procuro antever o desfecho desta história como a Cassandra da mitologia. A dúvida é consoladora. Desconfio até mesmo de já fazer parte de toda a turva degradação do mar. Admito que estou prestes a partir. Permaneço neste sítio por apenas mais um dia. Enquanto isso, distraio-me com duas significativas escolhas: contemplar de braços cruzados as águas impuras do litoral ou mantê-los sossegadamente distendidos ao longo de um corpo debilitado.

VII FRAGMENTO DE JANO

AQUELE QUE TALVEZ TENHA VOLTADO PARA VITÓRIA

20
ESGOTAM-SE AS PALAVRAS

Passei muito tempo confinado. Lembrava daqueles tempos vertiginosos. Aquelas noites em Vitória. Não me importava com as consequências. Me expus a muitos riscos. Uma vez precisei da ajuda de nossa mãe. Estava preocupado. A epidemia de Aids matava. Fiz sexo com Verônica sem preservativo muitas vezes. Também não usei com outras mulheres. Fui ao médico com a mãe para fazer uma consulta. Talvez tivesse contraído alguma doença venérea. Relatei que sentia dificuldade para ejacular. Também sentia desconforto na hora de urinar. O urologista demonstra um pouco de espanto. Solicita alguns exames. Conversaria comigo após o resultado dos exames estarem prontos. Surge o resultado depois de alguns dias. Eu estava completamente saudável. Nenhuma enfermidade. Nenhuma doença oriunda de contato sexual. Há apenas um dado curioso. Uma informação inesperada: eu era estéril. Jamais poderia gerar filhos. Me sentia aliviado. Não deveria ter filhos em hipótese alguma. Nenhum descendente. Seria vergonhoso. Um filho suportar o julgamento de tantas pessoas. O filho de um assassino alucinado. Estou livre de um tormento como esse.

Continuo esperando você. Já faz algum tempo que o aguardo. Ainda não tive nenhum sinal. Não saberia dizer o que aconteceu com você em Vitória. Talvez ainda estivesse hospitalizado. Talvez a polícia tivesse encontrado você. Talvez tenha desistido de vir para a vila de pescadores. Estou aqui ainda. Ansioso. Com a expectativa de que você poderia aparecer a qualquer instante.

Estou acompanhado de meus fantasmas. O pai que me criou. A mãe que fugiu de Lisboa. Voltou de lá comigo assim que nasci.

Fui uma criança com muitos problemas de saúde. Falava sozinho. Não me integrava com ninguém. Observava as assombrações. Aqueles homens da oficina mecânica. Precisava acabar com essa perturbação. Todos estavam mortos. Eu não poderia admitir isso. Me provocavam. Não suportava a presença deles. Devo tomar uma decisão. Eu tinha dúvidas. A bruxa disse que era importante. Uma solução definitiva. Bastava de tanta espera. Eu estava sozinho. Não há ninguém aqui. Talvez não estivesse só. A cabeça está confusa. Você deveria aparecer logo. Tudo já foi dito. Se você for capaz de chegar aqui, saberá o que houve. Estará ciente de todas essas revelações. Ainda devo reler o que escrevi. Não sei organizar tantos papéis. Alguns se misturaram em cima da mesa. Há páginas que estão fora de ordem. Perdoe por não estarem em uma sequência coerente. Parece que tudo o que escrevo não faz sentido. Deixo as folhas ao dispor de qualquer um. Espero que possa chegar a tempo de ler. Meu medicamento acabou há dois dias. Não posso continuar nesta vila por mais tempo. As palavras vão se esgotar. Justamente por isso deixo por escrito tudo o que pude lembrar. Eu preciso ir embora. Não posso mais esperar por você. Não. Vou cumprir com o combinado. Vou aguardar a sua chegada.

Não sei quem deve ser julgado nesta casa. Estão todos aqui comigo. Era a hora de terminar com a dúvida. Todos diziam que eu precisava partir. Quem deveria ir embora era eu. Tenho a ideia de comprar gasolina. Há um posto nas imediações desta vila. Posso inventar que estou com um carro sem combustível no meio da estrada. Talvez queiram me auxiliar. Recusarei a ajuda. Vou transferir para um galão de plástico a gasolina e voltar para esta casa. Estou com tudo preparado. É muito difícil permanecer aqui. A despedida é muito triste. Eu sinto a necessidade de me purgar. Quem sabe queimar esses papéis. Me nauseava estar em uma condição miserável. Era tudo tão infame. Estou acuado no breu desta casa. Feito um rato. Todos falavam para eu ir embora. Perguntavam quem seria o primeiro a ser expurgado. Avisei a todos que ainda estava decidindo. Deve ser de modo definitivo. Algo que fosse eficaz. Preciso me livrar da culpa. O mar é purificador. Não sei o que pretendo fazer. Acredito que você saberá o que decidi quando chegar. Descobrirá tantos detalhes de nossas vidas. Pormenores que vão além do fato de termos o mesmo nome. Não pude comentar isso antes. Nosso encontro foi muito embaraçoso. Estreitar intimidade naquela ocasião não era recomendável. Agora não há mais o que contar. Minhas palavras se esgotaram. Devo me despedir.

Detesto as lembranças da juventude. Estou aqui com a nossa mãe. De todos que estão aqui comigo, é a presença que mais importa. Esperamos por você. Resolvemos decidir juntos sobre o que posso fazer. Havia uma forma de nunca mais ouvir todas aquelas vozes. Era um pouco arriscado. É vergonhoso estar numa situação dessas. Você é livre para concluir o que quiser. Preciso me afastar de você. Não. Vou esperar você. Se eu não estiver aqui, aguarde por mim. Voltarei para me despedir. Deixo aqui no braço do sofá o meu relógio de pulso. Para assegurar o meu regresso.

Ainda resta em mim aquela parte perdida do passado. Aquela sujeira acumulada no canto do chão. A ruína daquele menino. Aquele que se apaixonou por uma mulher desconhecida. Aquele que ficou preso por vinte anos. Aquele que conversa com pessoas ausentes. Aquele que nunca terá um caminho para seguir. Aquele que vacila quando precisa considerar uma escolha a ser feita.

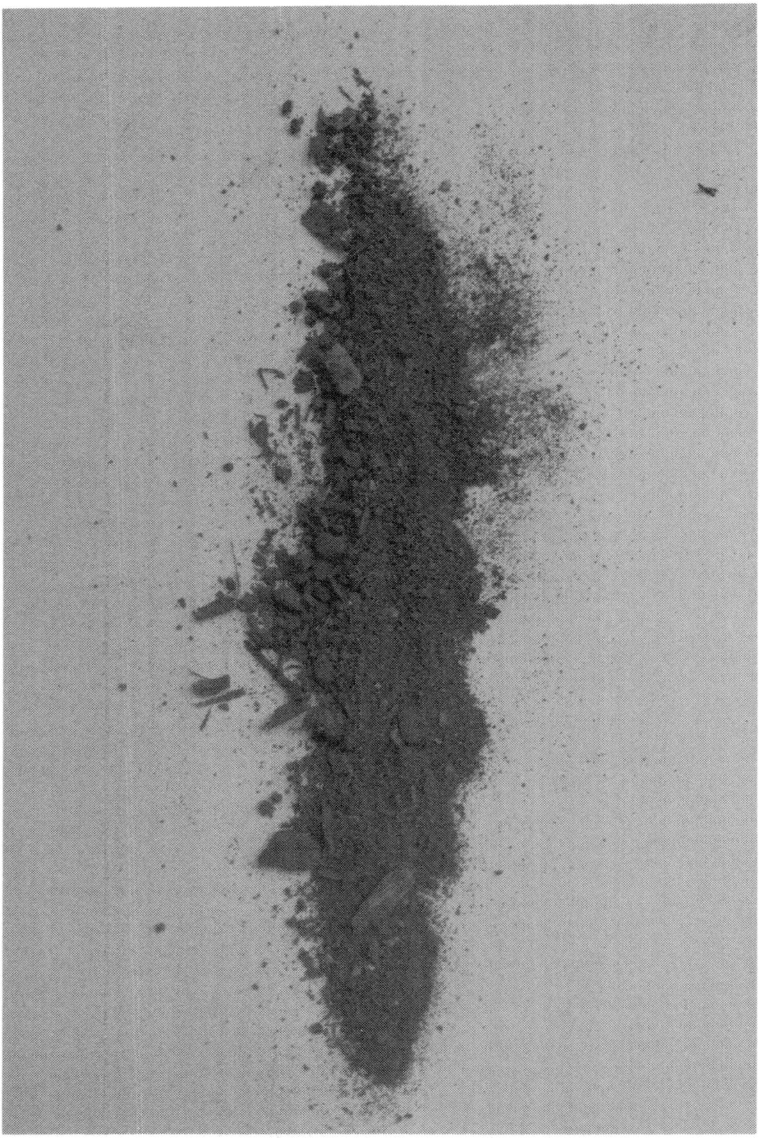

21
UMA NEBLINA MUITO ESPESSA

Com a ordem dos capítulos alterada, posso dizer, *endlich*, que a última palavra desta história é a minha. Passaram-se quase três anos. A visita repentina de minha mãe me deixou inquieta, agitada, o que me faz recordar sempre daquela frustrante ligação telefônica. As palavras truculentas daquele homem vinham à tona em minha memória. Na verdade, isso não me saiu mais da cabeça. Molly, felizmente você resolveu abrir uma exceção e voltou ao meu quarto à noite para mais uma visita, trazendo-me uma mensagem importante. Eu sei que essa será a última vez. Você diz que não houve a oportunidade de conhecer a sua mãe, mas eu tive essa chance. *Endlich.* Sinto muito por você e por mim, Molly. Quem sabe seja melhor você voltar para Dublin definitivamente. Deixa-me ver esse atlas que você me oferece de presente. Você quer que eu veja o mundo? Sim. Ver o mapa do Brasil? Sim. Ver o lugar onde nasci? Sim. Ver o estado inteiro? Sim. Ver a foz do Rio Doce? Sim. Observo a bacia hidrográfica do Espírito Santo. Sim. A água do rio correndo para o oceano. Sim. Ali estava situada Regência Augusta. Sim. Molly, você tem certeza de que aquele homem talvez esteja morando ainda nesse povoado? Sim. Eu precisava saber se ele era o meu pai. Sim. Você me encoraja a procurá-lo? Sim. Eu nunca dormirei em paz enquanto não exigir dele a confirmação que tanto esperei desde criança. Sim. É para essa vila de pescadores que eu vou viajar. Sim. Não sei de onde arrumei coragem para ir sozinha até lá. Adeus, Molly.

Arriscar-me a ver um homem desconhecido? Senti muito medo, mas sabia que ele não estava me procurando à toa. Avisei ao meu chefe e à Lúcia que precisava fazer uma breve viagem até Regência Augusta para tratar de um assunto particular. Eles demonstraram preocupação. Tranquilizei os dois, dizendo que era algo livre de qualquer perigo e que eu retornaria logo. Lúcia nem lembrava mais da minha história. Parti de Vitória no final de uma tarde de sol. Desembarquei em Linhares para pegar outra condução até a vila.

Era noite de eclipse lunar. O fenômeno da lua sangrenta poderia ser visto na escuridão do céu. Recordei dos profetas bíblicos. Eles diziam que o Sol se converteria em trevas e a Lua em sangue. Seria o momento de presenciarmos fatos espantosos na face da Terra. Aquela lua. Observava-a no céu enquanto andava pela vila até encontrar o endereço que aquele homem me passou. Depois de caminhar pelo povoado, deparo-me com um velho casebre.

Parei em frente, parecia estar vazio. Fui entrando cautelosamente no terreno. A porta estava entreaberta. Encontrei folhas de papel espalhadas no chão da sala. Eram páginas de um texto digitado em máquina de escrever que só poderia ser de um daqueles homens. Também reparei nas folhas escritas à mão em cima de uma mesa. Eram as anotações do outro homem. No primeiro momento, não sabia o que fazer com aquela espécie de espólio em minhas mãos. Em seguida, debrucei-me nas primeiras linhas daquelas histórias, por alguns minutos. Um paciente sumiu da ala psiquiátrica sem deixar rastros, um sujeito que veio do exterior estava se escondendo em uma vila de pescadores. Irmãos. Uma filha perdida. Um deles não estava perdido no tempo. Lembrou-se da época que encontrou Verônica e sabia a minha idade. *Was für ein Zufall!* Depois que eu soube de toda a verdade a respeito de nossas histórias de vida, confrontar-me com aquelas informações era de uma casualidade fantástica. Com lágrimas nos olhos, fiquei me perguntando como pude me envolver nas artimanhas de um destino tão vertiginoso. Guardei todos aqueles papéis na bolsa. Foi por isso que resolvi digitar o material escrito à mão e dividi-los em capítulos, intitulando-os. Fiz o mesmo com o texto datilografado.

A casa exalava um cheiro podre. O odor fétido vinha de um dos quartos sem luz. Vasculhei o lugar para procurar uma vela. Encontrei uma jogada no fundo de uma gaveta. Acendi-a e entrei naquele quarto. Deus sabe que eu não queria ter visto o que eu vi. *Ach du meine Güte!* Fiquei horrorizada quando encontrei um cadáver incinerado no quarto escuro daquela casa tão precária. Nunca tinha visto tantas moscas e mosquitos num mesmo espaço. Havia também pequenos animais rastejantes. Em um canto, tinha uma cama enferrujada com lençóis manchados de sangue. Aquela carcaça humana em avançado estado de decomposição. Como a morte é feia e suja. É espantoso para qualquer pessoa observar aquilo que sobrou de um indivíduo. Velar um corpo é um ato de piedade, mas nada pode ser mais misericordioso do que garantir o direito de alguém ter ao menos o seu próprio enterro. Quem se importaria com os despojos? Quem faria uma sepultura para despejar os restos putrefatos de alguém? Vomitei muito. Desesperei--me. Um choro nauseante. Lembrava de tristes acontecimentos. Toda vez que olhava para o corpo era assim. A cena era muito repulsiva, contudo, movida por emoções tão intensas, não pude deixar de reconhecer que, antes de aquela pobre criatura chegar a essas condições, ela já foi um ser vivente como eu. O último detalhe revelado de nossa miserável existência é o nosso lado desprezível. Em um dia, desfrutamos de nossa bela juventude. Em outro, começamos a notar as marcas deterioradas da matéria em falência. Eu não sabia se estava pronta para lidar com essas situações. A morte sempre foi um tema importante no orfanato, só que de uma forma totalmente abstrata. Não havia razões para pensar sobre isso, mas, em tais circunstâncias, era impossível não considerar o assunto. Uma pessoa naquela melancólica habitação foi *ad patres*. Na época em que fui estudante de colégio católico, as freiras liam comigo o Novo Testamento em latim. Elas me disseram que a expressão bíblica significava ir ao encontro dos antepassados, rever os pais que nos geraram. Morrer. Por mais difícil que seja acreditar em mim, tive comiseração com aquele cadáver. Procurei uma pá nas instalações do casebre e preparei uma cova para enterrá-lo nos fundos da casa. Passei muito tempo escavando a terra. A cada palmo alcançado, pensava em desistir. *Ach Gott!* O esforço braçal sugava as minhas forças. Eu poderia ter ido embora. Minhas roupas encharcaram-se de suor. A cova estava pronta. Envolvi o corpo em um lençol e arrastei-o até o seu túmulo. Não me importava saber que aqueles restos mortais fossem de um ou de outro sujeito. O certo era simplesmente sepultar. Diante da morte, os algozes e os heróis dormem o mesmo sono nas entranhas de um solo medonho e escuro. Não devo julgar. O que permanece são histórias.

Aquela casa era um lugar amaldiçoado. Havia um resto de gasolina conservado em um galão, acomodado em um canto daquela moradia. Um vestígio um tanto audacioso de quem talvez tivesse também a intenção de pôr fogo naquele pardieiro inteiro. O incêndio começaria furtivamente. É provável que pudesse chamar a atenção dos moradores. O fogo incontrolável destruiria a casa inteira. Alguns pescadores poderiam querer jogar água para conter o incêndio, impedindo-o de se alastrar para a mata. Fiquei imaginando as chamas consumindo o local. Estava exausta. Pensei em sair de lá andando. Sem rumo. Sentia-me completamente perdida, perplexa. Para espairecer, cogitei caminhar em direção a uma reserva biológica ali perto.

Uma mulher desconhecida bate à porta da casa que estava aberta e entra quando eu estava prestes a sair daquele local. Apesar de ter uma aparência jovial, apresenta-se como uma velha habitante do povoado. Ela tinha um sotaque português. Disse que tinha cruzado anteriormente com os homens que estiveram naquela modesta casa. Ela já sabia que o nosso encontro iria acontecer. Ela não me disse com muita clareza o que tinha ocorrido antes de eu chegar. Confessou, no entanto, que viu um homem incinerado no interior silencioso da mata e o levou para dentro de um dos quartos dessa simples casa. Sabia que ele estava presente naquele espaço.

Aparentemente inofensiva, também me disse que eu precisava terminar a minha missão naquela vila de pescadores. A tarefa seria muito difícil e eu talvez não tivesse condições de enfrentar um encargo tão desafiador. Intrigada com aquela mensagem estranha, perguntei-lhe quem ela era. Ela ficou em silêncio. Da janela da pequena casa, vi uma sombria lua sangrenta fulgurando no céu. Ela me perguntou se eu estava disposta a passar por uma certa experiência. Aquela situação incomum me despertou medo e curiosidade. Se eu decidisse participar dessa experiência, não poderia mais voltar atrás. Seria algo muito efêmero. Embora eu estivesse ainda extremamente abatida, sentia-me motivada pela força das emoções de estar naquele lugar. Aceitei o convite. Ela assoprou um pó branco em meus olhos. Uma nuvem translúcida começava a se infiltrar na casa.

Esfrego os olhos agoniada. O ambiente estava impregnado por uma bruma alvacenta. A feiticeira segura as minhas mãos e, quando pude perceber, estávamos dentro daquele tenebroso quarto. Ela desaparece vagarosamente em meio ao vapor da névoa e não a encontro mais. De repente, não havia mais paredes. Estava em um espaço aberto. Senti a maciez da vegetação rasteira sob os meus pés. Permaneci caminhando. Chamava aos gritos a feiticeira. Em seguida, vejo o vulto de uma mulher de trajes muito antigos a alguns metros à frente. Vinha em minha direção. Observo a distância. Breves olhos que se movem na neblina. Reparei naquele olhar familiar. Meu Deus, eu só poderia estar louca. Era você, Molly. Disse que não voltaria mais. Sim, eu nunca ouvi de sua boca quando seria a última ocasião. Então seria agora? Por que devo retornar ilesa para o lugar de onde eu tinha vindo, desde que eu respeite uma única condição? Por que você me pede para eu ser corajosa o suficiente? Como eu poderia escapar dessa situação aterrorizante? *Ach was!* Como eu ainda poderia estar falando com você? Foram as deusas pagãs que a trouxeram desta vez? Ouço vozes abafadas, ecoando do subsolo. *Komm herein, Marion, komm herein! Wir warten auf dich! Komm herein, Marion, komm herein! Wir warten auf dich! Komm mit uns! Lauf schnell!* Fui tateando rápido a terra para descobrir de onde estava vindo aquele som opaco. Passo as mãos por cima de uma estrutura mais rígida que já não era mais a maciez de um solo arenoso. Tento remover a terra de cima daquela carcaça para ver o que era. Deparo-me com um alçapão de madeira. Resolvo puxar a tampa para cima, fazendo muita força com os braços para abri-la. Enfraquecida por todo o esforço que fiz, logo que consegui desobstruir a passagem, vejo uma escada com antigos corrimãos de madeira, com todos os cantos dos degraus iluminados por velas. Enquanto desço os degraus, as vozes começam a ficar cada vez mais fortes. Estava em um *bunker*. No seu interior, equipamentos hospitalares, símbolos nazistas, a bandeira do Terceiro Reich e os armamentos daquela época. Uma quantidade razoável de lança-chamas, escopetas, fuzis, morteiros, granadas de vara, revólveres, metralhadoras, submetralhadoras. Reconheço um semblante familiar, semelhante ao de minha mãe. Uma mulher de rosto bastante envelhecido, austero e sarcástico saúda-me assim que pôde presenciar a minha chegada. Era minha bisavó Marion. *Willkommen, mein Schatz! Meine Liebe! Meine schöne Urenkelin!* À primeira impressão, havia ternura e admiração naquelas palavras dissimuladas. Eu não me sentia amada por aquela mulher, muito menos era a sua bela e afável bisneta.

Aquela senhora vestida com roupas brancas se apresenta como a representante da Associação de Mulheres da Pátria Germânica. Os seus superiores também tinham dado secretamente a ela o posto de enfermeira em Sachsenburg, um campo de concentração situado na Saxônia. Esperava por mim. Faziam-lhe companhia Cassandra, minha avó paterna e os dois irmãos. Todos tinham um número de identificação tatuado na pele. A mulher de quem herdei o nome me explicou que aquele centro de confinamento militar tinha sido o primeiro a usar os triângulos de diversas cores costurados nas roupas dos prisioneiros. Como não estava naquele momento em Sachsenburg, encontrou de improviso um modo de classificar seus condenados no *bunker* sem precisar de tecidos em forma de triângulo e de variadas cores. Ela tem algumas porções de tinta em pequenos tubos com colorações específicas para classificar o tipo de pessoa detida. Ela respinga com um pincel o tom de tinta que julga ser o mais adequado para as pessoas confinadas naquele sufocante e mórbido abrigo. Pintou um braço de Cassandra de azul por ela ser imigrante. Marcou com azul e verde os braços de um dos irmãos, porque, além de ser mais um imigrado, foi um homicida. O outro foi pintado de azul, verde, mas também de preto, por ser antissocial, e de rosa, pois, aos olhos da enfermeira de Sachsenburg, já era vergonhoso o suficiente um homem falar com travestis. Quanto a mim, ela pretendia me pintar com as cores: azul, por ser brasileira; vermelho, por grafitar paredes; e roxo, por simplesmente ter sido criada em um orfanato de freiras.

Ouço Cassandra dizer que não poderia mudar o rumo da história. Enquanto um daqueles irmãos esbraveja que se perdeu na foz de um rio, o outro reclama de sentir muita fome e depois permanece calado. Todos estão deitados em camas hospitalares, separados por biombos. Marion utilizava seringas para administrar substâncias nocivas em suas veias. As bactérias atingiam os pulmões para que pudesse estudar a reação daqueles pacientes. Somente arianos sobrevivem. Aquilo era uma sessão de tortura e humilhação. Aquelas pessoas com as quais entrei em contato de uma forma insolitamente curiosa não podem nem sequer me ver. Tento me comunicar em vão com todos que estavam ali, mas pareço ser invisível a eles. A enfermeira trabalhava em nome de sua nação. Era a minha vez de receber a “medicação”. O Grande Chanceler promovia promissores experimentos médicos. Não pude assimilar aquelas palavras muito bem porque todo aquele delírio deveria ter limites e eu tinha de tomar alguma atitude para não experimentar de um martírio tão cruel.

Não podia admitir que estivesse participando de uma situação tão absurda como essa naquele *bunker*. Não hesitei em enfrentar minha bisavó. Quando fui arrancar de suas mãos aquelas seringas, dois guardas apareceram para lhe defender. Eles tentam me render, mas reagi, dando um inesperado golpe no estômago de um deles. Escapei aos prantos em direção ao arsenal improvisado que havia ali. Vejo uma granada de vara e um revólver. Pego as munições. Ameaço disparar a arma contra os militares e atirar a bomba em uma parede de tijolos. Peço para minha bisavó soltar todos, mas ela se recusa raivosamente. Disparo um tiro para cima, causando uma reação de pânico. O teto estremece. Os reféns fogem pela escada, esbarrando-se uns nos outros. As cores respingadas nos corpos vão se misturando, a ponto de as colorações representarem um mosaico humano multicolor naquele movimento de fuga. Somente minha bisavó e eu ficamos no subsolo. Subo de maneira impulsiva os degraus do *bunker* com um revólver na mão. Marion corre atrás de mim com uma pistola. Exige que eu desça imediatamente. Eu olho pela última vez aquele rosto desfigurado e lhe peço perdão. Minha bisavó fica encurralada no macabro subsolo. Algo deve permanecer no passado. Jogo a granada escada abaixo, que explode em segundos. Ouço um estrondo assustador quando o invólucro do projétil se destrói por inteiro. Um grito assustador ecoa do *bunker*. Assim que voltei a respirar o ar ameno da superfície, passei a sentir muito frio. A sensação de espanto permanecia. Havia cadáveres pelo chão, soldados nazistas fazendo vistorias abusivas, advertências. Todos se comunicavam em alemão. Uma tropa passou cantarolando o hino da SA. *Bald flattern Hitlerfahnen über alles Straßen... Die Knechtschaft dauert nur noch kurze Zeit!*

Estava em uma zona alemã de confrontos. Uma cigana romena, que falava poucas palavras do idioma germânico e usava um lenço profundamente rubro amarrado no pulso por causa de algum ferimento, depara-se diante de mim, muito enfraquecida e pálida, dizendo para eu fugir o quanto antes daquele lugar. As tropas soviéticas estavam chegando para salvá-los. Ela dá as costas para mim e corre por entre soldados e pessoas desesperadas querendo escapar da guerra. De longe, ela olha para trás e me observa. Por um instante, parecia ser a feiticeira do vilarejo de pescadores. Não tinha certeza. Estava confusa e assustada. Inesperadamente, sobrevoam aviões fúnebres pelos ares, despejando bombas por toda parte. Uma nuvem de poeira e destruição levanta-se do chão com os bombardeios intensos. Nesse instante eu me inclinei de joelhos no chão e comecei a lembrar das rezas que fazia no orfanato. *Per signum crucis... De inimicis nostris... Libera nos... In nomine Patris... Et Filii...* Caem muitas bombas do céu, provocando grandes estouros no chão. Gases tóxicos nos ares. A emanação excessiva de fumaça suspensa na atmosfera me sufoca a respiração. Noto que o ar poluído ainda pairava sobre mim. Uma neblina muito espessa não me deixava ver onde eu estava. Desmaio vencida por uma estafa muito forte.

Quando acordo, percebo que já estava amanhecendo. Recobro a consciência aos gritos. Ergo-me ainda muito assustada. Vejo uma tartaruga passando aos meus pés. Nem sinal de neblina ou de fumaça. A polícia aparece e tenta me auxiliar. Esclareço aos policiais que estava apenas perdida. Eles me devolvem a bolsa que eu usava, jogada irrefletidamente no solo da reserva natural. Estava longe daquela modesta casa. Recuperei-me lentamente daquela desumana sensação de frio e pavor. Esfreguei as mãos enregeladas uma na outra. Em um dos bolsos do casaco que usava enquanto estava em Regência Augusta, senti um leve volume de tecido. Era um estranho amuleto vermelho enrolado em um lenço de viva cor escarlate. Fui levada para as imediações do endereço onde encontrei aqueles papéis. Não havia nada ao redor. Não tinha ninguém naquele lugar, nem mesmo a portuguesa com quem me deparei no vilarejo. A natureza estava intacta, como se nunca tivesse existido nenhuma habitação naquele terreno. Olho ao redor e me assombro com o estado natural da restinga. Respiro fundo. Retorno para Vitória feito um animal selvagem cheio de espantos.

Não posso confirmar o desfecho de tudo o que aconteceu. Queira Deus que eu pudesse saber o que poderão pensar quando souberem de tudo o que resolvo contar com essas palavras tão desalinhadas. Não tenho nenhum domínio sobre aquilo que sonho enquanto durmo. Minhas divagações também são largas. Imensuráveis. Na loja de livros usados, Lúcia me aconselha a procurar minha mãe. Dias depois, recebemos a visita de Alice, que tinha voltado de uma grande turnê pelo interior do país. Fazia testes para um longa-metragem. Deu-me um abraço forte. Perguntou-me sobre os grafites.

Não desejo fazer outra viagem como a que fiz, mas algo me diz que devo reencontrar a minha mãe. Acredito que ela ainda queira me ver. Devo acolhê-la e receber a sua acolhida. Talvez pudesse lhe demonstrar agora mais cordialidade e compreensão do que naquele primeiro encontro. Vou ao seu encontro em Dresden. Lembro-me daquele livro de poesia aberto em suas mãos quando ela me esperava para conversar no sebo. *Primeiro Fausto*, de Fernando Pessoa. Levarei a obra comigo para ler durante o voo.

Não posso saber o que me aguarda na Alemanha. A expectativa era incalculável. Não tinha nenhuma noção do que esse insólito passeio me reservava. De repente, eu não me sentia mais preparada para experimentar qualquer aventura. Eu não estava convicta de que, ao longo dos anos, tinha adquirido tanto conhecimento assim. Eu não conheço completamente a vida. Posso ter admitido o contrário, porém entre vivências e certezas deve haver uma diferença bastante expressiva. A realidade é um mistério, e o mundo não é menos estranho do que as pessoas. Estou terrivelmente consciente de tudo. Sinto um temor horrível quando lembro de tudo o que aconteceu, mas procuro seguir a mais ponderada das reflexões para tentar encontrar algum sentido em tudo isso. É tão difícil acreditar que possamos definir os contornos da escuridão. Nem sempre a consciência está a serviço das percepções mais palpáveis, os pensamentos ficam, às vezes, embaralhados demais. O desejo de procurar uma razão para o que não se explica desaparece. Não posso compreender o caos, muito menos suplantá-lo. Talvez seja por isso que a imaginação nos convide a dar um passo para além das fronteiras de nossos pensamentos mais sensatos. Talvez encontre Deus repousando no abismo. Confiro as horas em um antigo relógio de pulso. Com toda a esperança da vida, eu preciso aceitar as sombras para seguir adiante. Aprofundo-me nelas. Renegá-las não seria o mesmo que admitir a cegueira absoluta?

FECHO OS OLHOS

GLOSSÁRIO

Abiscoitado: Alguém irresponsável, sem juízo algum.

Ach du liebe Zeit!: Minha nossa!

Ach du meine Güte!: O mesmo que *Ach du liebe Zeit!*

Ach Gott!: Ai, meu Deus!

Ach was!: Ora essa!

Ad patres: Ir para os antepassados, morrer.

Adicto: Dependente de drogas.

Agarrada: Dependente de drogas ilícitas (gíria).

Almeida: Gari.

Alter Drache: Dragão velho (depreciativo).

Assoalhada: Quarto; cômodo; dormitório.

Autocarro: Ônibus.

Bald flattern Hitlerfahnen über alles Straßen... Die Knechtschaft dauert nur noch kurze Zeit!: Em breve flutuarão bandeiras de Hitler sobre todas as ruas... A servidão irá durar pouco! (Trecho de hino do Partido Nazista).

Bodega: Pequeno armazém.

Bué: Muito; muito abundante; em grande quantidade.

Bundesautobahn: Autoestrada federal.

Cá: Aqui.

Casa de banho: Banheiro.

Cavalo: Heroína (gíria).

Chanfrado: Pessoa insensata, maluca.

Chuto: Dar um chute com o pé; injetar drogas nas veias (gíria).

Das ist sehr wichtig, meine Lieblinge!: Isto é muito importante, minha querida!

Dúlamán, dúlamán Gaelach [...]// A 'níon mhín ó, sin anall na fir shuirí/ A mháithair mhín ó, cuir na roithléan go dtí mé.// Dúlamán na binne buí, dúlamán Gaelach/ Dúlamán na farraige, s' é b'fhearr a bhí in 'Éirinn [...]: Algas, algas irlandesas [...]// Oh, amável filha, aqui estão os homens que a cortejam,/ Oh, amável mãe, gire as rodas para mim.// Algas do penhasco amarelo, algas irlandesas,/ Algas marinhas do oceano, as melhores de toda a Irlanda [...]. (Trecho de antiga canção folclórica irlandesa).

Endlich: Finalmente.

Es ist zu spät!: É muito tarde!

Fixe: Algo bom, elogioso, legal.

Frigorífico: Geladeira.

Gadelha: Porção de cabelos; grenha; melena; madeixa.

Gajo: Cara (gíria).

Gloria Patri, et Filio, et Spiritui Sancto. Sicut erat in principio, et nunc, et semper, et in saecula saeculorum. Amen.: Glória ao Pai, ao Filho e ao Espírito Santo. Como era no princípio, agora e sempre. Amém. (Trecho da oração católica *Glória*).

Hall of fame: Grafite em mural; obra coletiva de grande extensão em paredes amplas.

Imenso: Muito.

Jeder ist sein Glückes Schmied!: Cada um forja a sua própria sorte!

King: Profissional do grafite que conquistou o respeito da comunidade de artistas.

Komm herein!: Venha para cá!

Komm mit uns!: Venha conosco!

Lauf schnell!: Corra depressa!

Lehrer: Professor.

Meine Liebe!: Meu amor!

Meine schöne Urenkelin!: Minha bela bisneta!

Mistvieh: Bicho maldito (depreciativo).

Miúdo: Criança.

Per signum crucis de inimicis nostris libera nos, Deus noster. In nomine Patris, et Filii, et Spiritus Sancti. Amen.: Pelo sinal da cruz, livrai-nos de nossos inimigos, nosso Deus. Em nome do Pai, e do Filho, e do Espírito Santo. Amém. (Gesto católico do sinal da cruz em forma de oração).

Pica: Injeção.

PSP: Polícia de Segurança Pública (de Portugal).

Rabo: Bunda (depreciativo).

Rapariga: Menina; mulher jovem.

Reden ist Silber, Schweigen ist Gold!: A palavra é de prata, e o silêncio é de ouro!

Reformado: Alguém que se aposentou.

Estar no refustedo: Ter relações sexuais.

SA: Abreviação para *Sturmabteilung*. Pode ser traduzida como "Força de Assalto", a força paramilitar nazista da Alemanha dos anos 1930-1940.

Sandes: Sanduíche de queijo e presunto.

Sítio: Lugar.

Tasca: Pequeno restaurante, geralmente muito frequentado, que serve comida por um preço acessível.

Toy: Principiante ou inexperiente na arte de grafite; alguém que faz grafites por modismo.

Uma seca: Tédio; algo muito chato, cansativo.

Um Gottes willen!: Pelo amor de Deus!

Um Himmels willen!: O mesmo que *Um Gottes willen!*

Vergiss nicht!: Não esqueça!

VIH: Sigla para Vírus da Imunodeficiência Humana. Conhecido também pela sigla em inglês HIV (Human Immunodeficiency Virus).

Was für ein Zufall!: Mas que coincidência!

We must have died alone… A long long time ago… You're face to face… With the man who sold the world…: Nós devemos ter morrido sozinhos… Há muito, muito tempo… Você está cara a cara… Com o homem que vendeu o mundo… (Trecho da canção *The Man Who Sold the World*, de David Bowie).

Wie wunderbar!: Que maravilhoso!

Willkommen, mein Schatz!: Seja bem-vinda, minha querida!

Wir warten auf dich!: Nós esperamos por ti!

Writer: Profissional da arte de grafite.

UBIRATAN CAETANO

nasceu em Porto Alegre, em 1980. Licenciado em letras (português e alemão) e mestre em literatura comparada pela UFRGS, concluiu o doutorado em teoria literária na UFRJ. Vive atualmente no Rio de Janeiro, onde é professor de língua portuguesa, literatura e redação. É autor de *A vida é vermelha: para além do limiar da Shoah* (Gramma, 2019).

este livro foi editado

no inverno

de 2021